時知らずの花に囲まれた
果てしもなく遠い小屋…
二本の草刈り鎌を手に持った
野菜づくりの農婦に聞きたい
まだ、わたしは許されてはいけないのですか

現代詩文庫 248

思潮社

福井桂子詩集・目次

詩集〈優しい大工〉から
優しい大工 ・ 8
岩の森 ・ 9
丘の上の家 ・ 11
山越え ・ 14
二つの詩 ・ 15
熱病 ・ 21
詩集〈月の車〉から
屋根の男 ・ 23
アイスランドの子もり歌 ・ 25
美しい林 ・ 27
月の車 ・ 28
ヤナギの農家 ・ 30
狂詩曲 ・ 32
月はのぼりぬ ・ 33
詩集〈少年伝令〉から
さわぎく ・ 36
沖の方へ ・ 37
番屋 ・ 38
黒雲 ・ 38
少年伝令 ・ 40
舟着場 ・ 42
薺《なずな》…… ・ 43
カヤツリ草にあいに ・ 44
波間の美しい家 ・ 45
さざんか駅 ・ 46

詩集〈艀《はしけ》〉から

夏水仙の咲く三時半・47
沼沢地からの便り・47
湘南貨物駅・49
緑十字の旗をたてて・49
粉雪の愚者・51
るり色の鳥よ・52
朧ろな月のよるもあった・53
潮だまりで・54
凪・55
曲がった沼地の娘・56
菖蒲《あやめ》畑ばかりがあって・57
艀《はしけ》亭への道　菅原先生に・58

詩集〈浦へ〉から

オーロラが振りかえる・60
波…・61
こわれている水ぐるま・61
物知らずの鳩・62
嵐・63
さくらんぼの産ぶ着・64
田の庭・65
青い町錫の町・67
だまっていてください・68
水ぐるまのまわっている広場から・69
霙のふる日もふらない日も・70
螢・73

屋根屋 ・ 73
浦へ——長詩—— ・ 74
アルストロメリア ・ 77
金柑を煮る ・ 78
ホロキ長根のかすかな住人 ・ 78
順礼 ・ 79

詩集〈荒屋敷《あらやしき》〉から

青い薊や青紫色の薊の花むれや ・ 83
十一月に菫色の葉が落ちてきて ・ 84
草地の宿泊人 ・ 85
雪雲色の鳩 ・ 86
水瓜畑を走ってゆく童子 ・ 87
《日ばかり、月ばかりというわけではない》 ・ 88
沖の子ども ・ 89
リネン洗い店の風変わりな女 ・ 90
粉雪の家族 ・ 91
夏嵐 ・ 94
荒屋敷《あらやしき》からやってきた ・ 95
メヒシバの葉のようなねむたさ ・ 96
売市《うるいち》の女 ・ 97

詩集〈風攫《かざさら》いと月〉全篇

地質学者＊N ・ 99
丘の桜の木 ・ 100
悪い男とすず鴨《がも》 ・ 101
獺《カワウソ》川をわたって ・ 102

雪森の生活・103
堤の端で、月の端で・104
水晶小屋、枯草小屋——夏——・105
沼の方の音道《おとみち》から聞こえてくる・107
風攫《かざさら》いと月・108
松と杉といちじくのシャーベットが食べたかった・112
夏草に蓋われた引込線：夕星《ゆうずつ》・113
八月・115
散文
詩集あとがき
『優しい大工』・118
『月の車』・118
『少年伝令』・119
『艀』・119
『浦へ』・120
『荒屋敷』・120
『風攫《かざさら》いと月』・121
童話
もどりみち・122
インタビュー
終わりのない〈戻り道〉・130
詩人論・作品論
詩人福井桂子＝三木卓・146

野の果てまで＝新井豊美　・　148
水晶の声、永遠のわらし＝野木京子　・　151
魂のサンクチュアリ＝佐藤恵　・　155

装幀・菊地信義

詩篇

詩集〈優しい大工〉から

優しい大工

森番のように
吹雪の村のように…
雄弁ではない
あなたも　わたしも
あなたは　風に吹かれる大工となり
わたしは　熱のある子を抱きしめる母親となる

――――――――

それにしても　よくたずねてくれましたね
二十五年前にわかれた人
まじまじとわたしを見ると　その人は
三つ四つのころと何にも変わっていない
と言い　わたしをおどろかす
丘の上の　あの
小さな家の　時知らずの花は
いまも　咲いているか
これは　間違っている時計なのだ　と
教えてくれたのは
あなただったか
松林に住む
昔　あなたの母さんが　わたしに乳くれた女《ひと》が
洗濯していたあの水飲み場では
いまは
子をあやしながら
あなたのきっとおとなしいマリアが
洗濯しているのだろう
そして　古代ローマの婦人のようにたけ高く
頑丈だった　乳くれたあの農婦《ひと》は
いまは直角に腰が曲がり
…待ちくたびれ　今日も
停車場の入口にしゃがみこんでいるという――
差しだす茶をすすり
えんどう飯を食べ
六つのころ　あなたは

なんと静かな子だったろう
つゆのしずく道を行くように
昔のように
すこし　うつむきながら帰って行く

ねむれ　父も母も
飢えも　つらい仕事も
めざめているのは　モミだけ
ひとり身をふるわせ　火傷したあなぐまのように
泣きながら
逃げて　逃げてゆく
この大きな霧のたちこめる都市の真ん中
おまえは青いエプロンをして
オレンジ色の子どもではないの?
マンマは　ついに誰の子でもなかった
そこから先へは　行けないのよ
遠くから
そら　電話がなっている
何時も何時も　何時までも

あの人達は　夜鷹のように二人連れで
鏡の向こう側から近づいてくる
優しい大工
わかってください
尊大な＊＊という名の錯乱者たちについて
あなたに何もわたしは語れないのだ
―おやすみ　モミ。

岩の森

すいば　すかんぽを摘み食んでいたころは
せわしない童子だったのだ
わたしも…
モミに
していいこと　してはいけないことを
いいきかし　いいきかせるのがつらくなるとき
風が　つめたすぎ
新聞配達人が夕刊をいれわすれるとき

青いガタピシするガラス窓に
なにごとか　と子持ちの女たちが顔をすりよせるとき
—だまってしまいたい
わたしはだまってしまいたくなる

＊

虫のように　生きろというのですか
三十のいまならば
虫のように　生きられます
耐えるということが死をいみはしないということを
長い時間かけて
わかったはずだから　たとえば
わたしはわすれない
はしけのあの夜の日々を…
さむざむの日没とあくる朝と
狂った女の呼びごえと海つばめの歌と
どれほどのちがいがあったろう
松の針
みやまりんどうも

幼ない子たちのうでも
手折ったのはその母たち…
どうしてか
近しいあの人たちだったことは
……そんな暗いはしけの
はしけ館の憎しみだけの
そこに住んでいた人たちの
たぶん　欲望と嫉妬だけの
—記憶など
記憶などとおっしゃるのですね
……………………………
けれど　五つか六つの子には
てんとう虫か蓑虫になれといっても
それはできない
できなかったのです
(本当にわたしにいわせると
過ぎ去ったことなど
何一つとしてない)

＊＊

その日まで
その時間まで
待って　待って
ある日　その日がやってくる
玉菜畑に
ひばの小さな林に
霰うつ十二月
それから　雪となり
雪になり
—出かけよう
薄い草穂の向こうに鎌をもって立つ男
万聖節のお化けかぼちゃに
夜に日に　まといつかれるモミ…
ただ一つの松の実を
にがいにがい気持ちを
そんなにかみしめてはいけない
今のいま　言ってはならない
いくつかの言葉があり
—出かけよう
あの　幻の谷つたいに
吹雪く岩の森に。

丘の上の家

モミの林のおと
十二月—
年こしにと
また　りんごの木ばこをおくってくれた老いた農婦に
あなたは詩をよむだろうか
アイスランドよりとざされた　さむい
あの島のなかで
なんねんもなんねんも
手紙をくれなかったのだから
よめないのだろう
あなたと

あなたのいる村と
丘の上の家と
—他人には
わたしのなにと語っていいのかわからない
そんなことは　わからなくていいのだ
きっと……

＊

しんじているから　といいましたね
なにを？
救世観音…
独りごとをしながら去っていく子？
キリストのヨルカ　ヨルカ
量子力学　自殺した詩人　あなたは
なにをしんじているのです
四つのとき　あなたにつれられて
まちへ…
はしけ屋敷へいったときのことをおぼえている
はしけ屋敷からかえるときのことをおぼえている

背のうをせおった隊列とゆきちがった
くろいめん羊とぶたをかっている農業試験場のまえをと
　おった
まちのはずれの石切り場では　千年もだまって石工たち
　が石を切っていた
吹きあげるまち　吹上町
村へ…
みぞれだった
みぞれだった
あなたはきつく口をむすび
まるで　まちでなにか不快なことがあったかのよう
星のひかりだすぬかる道を
青いかくまきをすっぽりかぶり
長靴であしばやにいそぐので
その確信ありげなようすに
わたしは　ほっと息をつくばかり

＊＊

橋をわたり

熊笹のしげる坂をひとつこえると
丘の上の家がみえ
着ぶくれている小女がみえる
戦争がつづいていた
死んだ男たちが黒い馬でかえってきた
雪あかりのなかで
あなたのひくこやし車のわきの隅で
居ごこちわるさに
立ったりすわったりしていた
童子がわたしです
ねこ柳の細い枝よりも
あなたはしっていましたね　大雪を
うるめ鰯を食べたいこころ
耐ゆるすべ

＊＊＊

かぎりもなく　わたしをわずらわすもの
かぎりもなく　わたしに恥ずかしめをおわすもの
モミ…

セロひきのゴーシュの本をよんであげよう
いま　なにがおこっているのかわからないのはさいわいなこと
おまえにも　風見の番人にも
明日　わたしたちは出会うだろう
薄青と灰いろの公園で
群れをなして歩くかごのような女たちに
（そんなにも片意地なモミ）
神々の国ではないのだ　ここは―
セロひきのゴーシュの本をもっておいで
かぎりもなく　ひとを怒りの草叢のなかに佇ますもの
哀れな生きもの
ぎあない＊もの

＊ぎあない　青森県南部地方の農村部でいわれる言葉。なんとかわいそうな、しみじみと哀れだの意。

山越え

峯を離れる日…
万物皆流される日
ニリン草のさく丘のおもいだされる日
（しいっ！　静かにして）
一片のピンセットにも虫に喰われた葉にも
時の錘があるとするならば
ほら　そこのわらむしろのかけられた荷物のあいだから
のぞいているものは　何？
峯を離れる日…
とても長いあいだ逃げつづけてきた
それはけっしてわたしを見るはずはないのに……
けっしてわたしを知るはずはないのに……
いってください　どうか
焼け杭や折れた茅や水たまりのおおい町が
どうしてあなたに用があるのです

＊

知っている…
何処より何処へ行こうというのか
カフカスの雲のゆきかう山に行かなかった
まぼろしの川のながれるボヘミヤに行かなかった
わたしは　ここにいる
屋根のしたに　一束の穂麦のかたわらに
うずくまり　うずくまる
祈ろう
（祈れるものなら　狂気の人）
鉱石か植物かとしか生きられなかったころを忘れられる
か。目覚めて哭きたくなるかなしい獣人を忘れられるか。
車輪のはずれたぴかぴかの赤い三輪車を忘れられるか。
ましてスヴィドリガイロフより恥しらずのアル中患者の
＊を忘れられるか。くらい妹を忘れられるか。
かもめのむらがる島…
むらがる島のなかでわたしは知った
アウグストゥスの時代より　稲の時代より

独裁者はかわりばえのしない一常人だったことを

＊＊

ひっそりとした夜は
山を越えよ
影だけの三人
金も銀ももたぬものは
山を越えよ
ユングフラウに吹きつける
矢のような風
山を越えよ
葦笛を吹くモミ
パンを食べなさい　茶をのみなさい
まだ　たれもねむっているのだから
山を越えよ

＊＊＊

ニレを愛することと　ニレを憎むことだけで
もしもこの世界を生きていくのだとしたら
わたしはとっくに風のなかの塵になっていた
火のつかぬ灰になっていた
地上でつましくくらす
赤土のそのひと粒をみつめるため
どれだけのくちびる噛む労働をしただろう
火のような労働をするだろう
（とおくまでいくよ）
あれ野にさらされて　子は立ち
大いなる子は市場に行き…

霰のうつ音のするとき。

二つの詩

I

滅びの人びと
米の花…

古い戸棚をあけてみよう
吹雪のなかを
雪にあらがいつつ逝ってしまわれてから
千年たってしまった

遠い遠いあなたたちの
一番できのわるい子どもが
ここで　詩を書いています
またも腹を痛めながら
白痴ではないのかと
教師をよび　調べさせられた日のことをおぼえている
津軽塗りの大机のまえで
魚も泪のでるほどのおかしさ！

＊

千年またなければならなかった
えい　こんちきしょう！
というために

Ⅱ

山にのぼり　山よりおりる
日に幾たび…
米つき虫のようにたあいない人たち
ああ　こんな気持ちで生きていくのはつらい
早くはやくロビンソン・クルーソーの水を汲んでやらな
　ければ
モミの優しい友だちになってやらなければ
（二人の合唱）
シンバルすてろといったんだ
いったんだ…
いったんだ…
　　　　シてちゃった
ハープすてろといったんだ
いったんだ…
いったんだ…
　　　　シてちゃった

クラリネットすてろといったんだ
　いったんだ…
　いったんだ…
　　　　シてちゃった

わたしは　いったいいくつになったというのだ
夜も十二時すぎ
熱病のように鉛筆をはしらせ
狂気の沙汰だ！
青いろの税の申告書と
のぞみもない長い歯の痛みと
二月の経済表と経済表と
…嵐の前ぶれと
おお　どうしたら片をつけられる？
すべてはそれから
だから　いまは
いら蛾の古いまゆも
モミも

荒々しい月の航海者たちも
しぐれた山のように
遠ざかり
消えていってくれ
……行ってしまうほうがいいのだ

Ⅲ

みぞれのふる晩…
どうしてあなたは　この世に
杉原のなかに
わたしを産まれたのです
千年も…
どうして　沢のほとりの家に
かくしておかれたのです
稲の花
稲の王
(母さん…)
緑なす木賊の激しさ
すべてを知ってしまって

かわいそうな母さん
幼ない子は
人よりはこべ草に似ているのです
河の馬よりクサキリに似ているのです
沢の水に…
醜い子をつきおとしてしまった
沢の水に…
…………………………
おお　可哀そうな母さん
どうしてそんな破目になるのです　なったのです
氷雨ふる一日は氷雨ふる一日　世界は世界なのに
《どうして希みもない子に靴下はかせる手間をとってい
　られよう》
……そんなにもにがい言葉を　おお　にがい言葉を
ひとは語れるものだろうか
わたしは　優しさについて語ろうとしているのです
いまは…
　ひとり　たったひとり
えぞ松の長い長い道を
みぞれのふるなかを
ふらりふらり歩いておられる母さん

Ⅳ

空と海と山脈のような現実と
目にみえぬ蚊がすりのような大鐘と…
まだ生まれてこない子たちへの祈りと
生者や死者たちのくちおしさと呪詛と
それらの歌うたをきこうとするなら
心しなければならない
朝さむに　バタつきパンを食べなければならない
虫とともに
月の沈まぬうち　あるいてゆかなければならない
己が捕虫網をもち…
ハックルベリ・フィン！　オオヤマネコの仔！
だから　今日はなにをおいても行ってしまうのだ
長い靴下をはき
髪をゆい
小ぜにをもち

（ほんとうに小ぜにでいいのだ）
ちりかみと一枚のハンカチをもって…

V

長い長いつる草
長い長いつる草の時間
戦いの年月――
空いっぱいの子とのむごい語らい
シナイ山の大岩についてのお話
剝かれた林檎の皮とくだかれた岩々のかけらで
年も部屋も　すっかり汚れてしまった
アップル菓子を食べないわけではない
木椅子がたりないわけではない

＊

夜がふけて…
鐘の音をきくとき
マッチの燃えがらを三本ほどつまみあげ
なぜ　人は子を産むのだろう
人の子を愛するのだろう
燃えるような悔いのおもいをしらぬと虚言をいってはいけない
苦しみと苦しみを味わわしめようとの
神のおぼしめしなのだ　としか考えられないことがあり
…
ふりつもる　ふりつもる雪は
　霰とかわり
　　心変わり　心変わりする
　　　恋する人たちのように
かがり火も…
歌うたう人も…
ああ　ハンス・クリスティアン・アネルセン
この世は　大雪の時間もとてもまれなのです
あなたのいる村までたどりつきたいのですが
月あかりのもと　そこに
まだ　たたずんでおられますか
にんじん色の髪のこの子をつれて
そこまで　行けるでしょうか

Ⅵ

アッティラ街道　夢の街道　ねむの木街道
つらい話ばかりではなしに……
つらい話ばかりではなしに……
古い友や
吹雪のなかから戻った人に会ったってさびしい
木を鏟《けず》ったってさびしい
子はなかなか眠りにつかぬ
もりのむしや　のはらのむしについて
かんがえているのだ
　ドドドド　ドドドド　ド
わたしは何処で眠ろう
うすばかげろうのように薄れかけた
地図や海図をひろげてみよう　目をつむってみよう
たどたどしくもたどってゆけるか　いつか
十三月一日　わたしが生まれた月日
アッティラ街道…
夢の街道…
ねむの木街道まで

Ⅶ

道端の人をしんじなかったら
時のいやしをしんじなかったら
何をしんずる？
火のしずく
！
ほんのひとにぎりのことなのです
わたしの希んでいるのは…
ああ　あなたたち
十冊の本などとはいわない
島宇宙まで
さぎさす鳥刺しと
汽車で行きたいとはいわない
ここにいて
モミとともにいて…
子の熱がさがり
モミとともにいて…

所在なげに葦のなかにたたずんでいる
一そうの舟の梶とり
棹とりこいでゆくことを！
田の庭にいて
すべてにさおさし
いそしぎにも草ひばりにも
見棄てられてしまったよる
ねがい
書きつけた詩——

Ⅷ

月の話…
道草の話…
それでわたしの話は終るだろう
二つの詩は終るだろう
にひばり
つくばをすぎて
いくよか　ねつる
山鳩いろした彼の地

古い古い南部の詩と歌
そのなかにでてくる
ほうけた髪の童子たちに似た
モミとわたしと…
モミとわたしと…
吹雪のなかを還っていった
…夜鳴きうぐいすのようにうたいながら
稲の花
稲の王

＊

と
……その二つの詩
（あのひとは　葡萄酒をのんでいた人だ）

熱病

遠い日のエレミアの哀歌をみとめよう
このひとは　やはりまちがってはいないのだ

風に吹かれた柳の葉のように　しなだれてもいないのだ
子を連れてのアルプス越えなど
ハンニバルだって難しいだろうに
土曜日　そして次の土曜日…
わたしたちは　道草ばかりしてたでしょう
くれよんを失くしてばかりいたでしょう
失くしたくれよんを探してばかりいたでしょう
胸もつぶれる念いで…
にがい言葉をいわなければよかったのでしょうか
（モミ…）
ひと月ふた月と迷いこみ　それから一年二年
（水にでも吸いこまれてしまいそうな）
十年二十年と迷いこみ
目をあげ　いまあたりを見まわすと
ふかくふかく雪ばかりのつもった大森林
モミの家が一けん燈《あか》りをとぼしているだけ
誰が…
誰がいるだろう
ほら　たったひとりの見知った女が…

夜仕事している　ただ独りで
いろあせた麦穂のような髪
居眠りしながら　糸を繰っているのがみえる
月のようにこけた頰で…
わたしたちはずいぶん久しいこと会いませんでした
会おうとしなかったのだ
あんなにも村へ行くのを
……しぶったではないか
（恥ずかしさのあまり　わたしの心臓は凍ってしまった
　だろうから）
すでに…
すでにわたしは　あの農婦の土地の言葉を忘れかけてい
る
挨拶ぐらいならできようか
それとも　黙っていってしまおうか
というのも　わたしの子は長い道のりあるきつかれ
熱病やみのように怒りっぽくなっている
本当に　風邪もひいている
…あらしだろうと

いまわたしには　ひと言も口をきくことができない
何よりもなによりも夜は更けてしまった
わたしは何も持っておりません…
満天のいてつく星あかりのもと
銀の斧のように　人は耐えてゆけるだろうか
年多く生きた者たちが　菜づな、セリのかゆをすするの
　はいいけれど
モミのためのあたたかな食糧はみつけてこなければなら
　ない
それは　あなたが尼寺へ行こうとも
…みつけてこなければならない

だから　風見の鶏
時計のねじを止めなさい
そして　おおきなさい。

（『優しい大工』一九六九年思潮社刊）

詩集〈月の車〉から

屋根の男

…そんなにしんぱいなさるな　と
モミはわたしの肩をたたく
ええ…
　ええ…
ひばの林のむこう
口数のすくないのがとりわけてめだつ人たち
とても長いあいだみえない　みえなかった人たち
不意に忘れてしまっていた
年よわいのはっきりしない男のすがたが
おもいうかんでくる
（若いのか年とってるのかわからない）
ああ　よく考えてみよう
（わたしの父だったひとかもしれない）
（不死身で黒馬にのり　異郷よりもどってきた兵士かも

しれない）

＊

モミは青インキをこぼす　太陽はまっ青な太陽になる
それが　どうしたというのだろう
百年の年月　はしけ屋敷の人びとは
憎みあう　愛しあう
それもいま　たいしたことではない
ましてみもしらぬ新聞配達人が集金にきて
一月二月三月　やってきて
山羊のような従順さでわたしを滅ぼそうとするけれど
いま　わたしには一本の麦穂も一枚の銅貨もない
波の果てに住む
わたしからはるかなはるかな土地
あなたたちははこべを食べて生きてきたか松の皮を食べ
　て生きてきたか
とても　家とはよべぬ小屋で

＊＊

とても　家とはよべぬ小屋で…
あなたは木にはりつけにされたのではない
屋根から落っこちたのだ
ほんとうにお笑いぐさだ
遠い遠い昔　あなたはとても楽しげに笑っていた　うた
　っていた
なぜなのだろう
優しい南部の歌うたいよ
四つの童子だったわたしでさえ
あなたの家族がとても貧しいのを知っていたのに
――たまごっこみたいにめんこがったべ
と　あなたの道連れ　わたしに乳くれた女《ひと》はいうけれど
ほんとうにもう　みんなわすれてしまった
すっかり忘れてしまおうと努めたのだから
はしばみ色の毛の野うさぎほど
わたしたちは臆病者ではなかったか
あなたは　それから二十年も縄をなう　二十年も働きつ

づける
まるい額で　一つまた一つと希みの星をうちこわしつつ
ある夜
恥ずかしいつまごをはき
つまごをはいて
雪空のなかへ
雪の空のなかへ
還っていってしまった
セネカのように平静な面だちで　あなたの道連れは
あのひとは　屋根から落っこちたのだよ
と　いまになり　わたしに教えてくれるのだから。

アイスランドの子もり歌

しがないいろば…
それ以外のどんな言葉でおまえをよべる？
おやすみ
しがないいろばや

一本の青い稲にも
かなしみのあることはわかるけれど
いまわに…
瀬ぶみするしがないいろば
…おやすみ
行ってしまえ
消えろ
アイスランドの子もり歌
（ろばめ　ろばめ　ろばめ）
倉庫や小荷物扱い所や引込線へはいってゆく緑の旗ふる
　機関手や
川に　ゆらゆらうつってゆれる
山のような白いガリヴァー館や
つかれげな蒸気船や
買ってくれとはいえない大きな赤い木の馬や
娼婦の家
そんなものが　おまえの夢みゆめみた白亜紀
の書き割りかえってこない怖ろしいレコード
しがない…

おやすみ
なみだもふゆになれば凍る
白痴にもならずにわたしは生きてきた
ほんとうに　白痴にもならずにわたしは生きてきた
木の香　酒の香　わだちのついた道…
アイスランドの林のなかにいた
小さな小さなわたし
なぜかって？
いいえ　宿命などといってはいけない
泉のほとりには青い水がめ持つ農婦たち水を
　汲み　亜麻色の髪した水夫たち息子たちは
　月の出の刻波路より還る
（かあさんのすきなものは　なに）
モミのように　木こりのように
山で眠るのがすきだった
雪柳のめぶくのがすきだった
優しい月の馬がすきだった
たてがみ狼の叫ぶ歌がすきだった
おお霜の巨人たづなやぎわたしの兄弟！

真夏に外套はおるひとびとよ
冷えびえとする夏の丘の嵐よ
あなたたちの去ったのちの世界は
永遠の氷だ　霧だ　銀いろのたんぽぽのわた
　毛だ　影法師に覆われた幻滅の緑の王国だ
わたしは　雪空のなかに
雪の空のなかにとんでゆきたい
…水のない橋げたがすきだった
古い古いひばの林
ひばの林
たれが　書いたのかわからない
アイスランドの子もり歌
わたしの友だちは　みなし子の月の金の月
かわいそうな　月の金の月
薄紫色のおまえの死にいたる道の
なんというつらさ
なんという長い長い松の道
…おやすみ
風おんなの長い長い髪のなかで。

美しい林

どうして
そんなかなしいSF小説ばかり
読むのですか
ほんとうにあったのですよ
美しい林は
すっくと丈高いひばの林が
吹雪にくるまれた青い暖かな太陽が
時しらずのさく小さな家が
その気になりさえすれば
いまだってあるのです
黒パンのように優しい人たち！
わたしは岬近くの村にすてられた子でした
けれど　それは
ひばの林のしったことではなく
どうして
きいてくださらないのです
きいてるふりをなさるのです

虫の本や核酸の本
宇宙や探険の本
は　いいのです
泥棒の書いた本だってゆるせます
でも　そんなどれもこれも
虹いろの紙っきれにすぎないじゃありませんか
SF小説を読むのだけは　およしなさい
からだにさわります
ひばの林がざわざわする
二月のある日
わたしは黒い馬の背から
二輪車にのせられ
岬の村はどんどん離れてゆき
日も永遠に沈む
（…沈むかとおもうころ）
ひばの林は川のむこうへはるかになり
遠くなり遠くなり
目の前から消えていってしまいました
どこへ行くのかって？

町…
玉虫の衣裳きたひとたちのところ
稲吹く風も止まり
町々の火が草むらの星のようにほのみえる
そのあたりまできたとき
いまも　夢にみるのですが
岩の森…
切りたちきりたつ岩の森が
わたしたちの二輪車のまえに
たちはだかったのです
何千年も何万年も口きくことをとめられた大男…
なにをいいたいのかわかってやらなくては
と　わたしはとぼしい頭でかんがえ
それから　三十年たち
いまも夢からさめると
鋼…歌…とかんがえてみるのですが
わからないのです
いずれ
汐のひくように　それも

日々のこまかな仕事　こまかな熱中　石炭がら袋　銅貨
　等
に　まぎれてしまいます
老水夫よ　眠れ
風吹く草穂は誰が魂を打ち砕く
　　　　　　　　　…そんな
真夜中
古えの詩人の経りめぐった
草のない谷間に
危なっかしげに腰をおろして
本を読むひと
―あなたには
わたしの話はきこえなかったのですか。

月の車

シルヴィア　ほらまたあなたは間違ってしまった
ちょっと目をさましてみると

…いつも邪悪な世界だけ
　くりひろげられているのは
たれが　シルヴィア？
野の道スゲ草の風わたりゆくすべての女たち
蒼ざめた雲…蒼ざめたぐみの小枝…
胸ふたぎ　笑いだしたい道の辺の家
どうしたら　かの草原
自由な日々にたどりつける
燃えるシダの夏草ふみしめていって
走っていって
林の中のモミの日々に
暗い夢の草ぐさかきわけていって
近しい者たち…
あなたたちのふかい呪詛　さざめき　歌には耳ふたぎ
どこまでかけていったら
月の車にのり…
あの自由なひとびとに出会える
優しいギリシャの賢者乞食
小さな丘の上の家

（雲の上の天使堕天使）
大雪の物語
ひとりする眠り
………………に
稲を植えよ
夜更けにほとほとと稲を植えよ
この荒れた終りの土地
めざめて声をあげたくなるほどの
小さな囲い地…
鎌のかたちした囲い地に月の光はさしこみ
さざ波の小声がしてきて…
幾千ものさざ波の小声がしてきて
稲を植えよ
森の人よ　生きものよ
（ききなさい）
塩こしょうしてナスビをいためなさい
哀れな子ども！
狂人の妹
そんなにも黒や緑の羽つけてスカンポの野に還りたい？

わらびの茎を切りなさい
狂人のむすめ
みょうがの汁を黒椀にもりなさい
世界じゅうの部屋の掛時計という掛時計がいっせいにゆれる
子どもはすべて神のようなものか
笑いさざめくおびやかす
波の剣金の穂波モミにさからってはいけない
…いけない
森の中で歌えよモミ
さびしい魂ニオベの猛獣
薄緑の木の矢はや放たれ
この水月
この無伴奏の詩
このニセアカシヤに吹きつける風
みんなわすれてしまえるでしょう
かあさんなぞ蔓でしばって愛せよ。

ヤナギの農家

トウシン草の丘の上…農家に一枚の小さな銅版画がかかっている　人けないおもてには　青いヤナギの葉たちが首うなだれて…乞食になってしまったわたしの姉妹は画のなかの日だまりに黙ってすわっている　なぜそんなにも予言者の言葉に忠実にもうらぶれた姿さらす　ギターつまびくカスティリヤびと　稲の恩寵　薄草色のむすめはどこへいった　すすだらけの煙突に変なこぎつね座の星のよう　頰づえつくのはなぜ？

＊

堅実なあなたがなんといおうとつらいことだ　瞿麦《せきちく》ばかりたおる瞿麦屋
空ばかり切るそら屋になることは

モミが葉の上の虫のようふるえてい
るのをみるよりは月の岩にぶつかっ
た方がましだ　したしい海辺の農婦…
地獄へ堕ちた方がましなのです　あ
なたがあなたたちが　難破した船
木っ葉　漂う樽　血のしたたるハー
プにしがみついているのをみている
よりは

＊

朝焼けの狩人たち…
朝焼けの狩人たち…
アイベックス　シベリヤアイベック
ス　うらぶれた北海とのあなたたち
とのさびしい密通！　モミは銀の馬
を描き　動物をひどい目にあわせた
奴はころしてやると描き　わかった
よわかったよモミ　ほら　かあさん

だってなみだがでてきます　遠い
遠い幻の空から吹きおちてくる雪の
切片より　このひとは　このひとた
ちは狂人に近い　と村人もヤナギの
木たちもざわめいている　風…昔
そう遠い昔　川べりのヤナギよりも
巨きな優しい月の馬がほしい　とあ
なたは希いはしなかったか

＊

蓑虫！　風の中で難破してしまえな
んて　わたしはあきれてしまってい
るのだ　遊ぶことが　そんなにも真
剣かつ重大なことだなんて！　でも
ほんとうにそうなのかもしれない
宿命の童子モミ　死ぬほど遊んでや
ろう緑の十字架　緑の石の森　緑の
シャクヤク　わたしは薄水色のスカ
ートの藻すそひろげ　鈴ならし　鈴

ならしハンガリヤまでとんでいこう
あそこならみしった人達にあえるか
黒や白の草ふみしめ　ふみしめてい
ったらハンガリヤン・ダンスをおど
ろうか　ほんとうに死ぬほどおどろ
うか　四〇〇年もおどってやろうか
四〇〇〇年もおどってやろうか　虹
にのって風たちと縄とびをしようか
燃える雨　白や深緑や薄紅色のリリ
ヤンであやとりをしようか

狂詩曲

新月の若者に似た男…
幻の沼からやってきたのですね
または　金星からやってきたのですか
(ほら　あの金星寮…)
銀の狼　燃えよ

モミの林
ああ　あなたはずいぶんおくれてやってきました
しろつつじさえ咲かないこの館
ガラスの部屋という部屋の大窓は明け放たれ
水晶の森のいぶきといういぶきは吸いこまれ
ほら　あなたの再来をとても歓んでいる
…歓んでいるけれど
さて　それから先どうしたらいいのでしょう
わたしは古ぼけたショールに顔うずめ無益に思案するば
　かり…
鳥さえ啼かぬこの館
鷲の若羽は落ちて死ぬばかり
ミヤマガラスのように…
死ぬばかりだ
ならば　山の楽人よ杣びとよ
行け…
野づらわたり
風のように
西風のように

ガリヤ戦記もユダヤ戦記もしらず
始めの鳥の数しれぬ数しれぬ歎きがあるだけ
あれは…
あれは歌ですらない
あなたのかなしさのきわみ
鏡の向こうの日光月光　しぶく滝　大雪林
歌は　あなただ
——かくて　太陽は沈んだ
山でのわかれ
羊飼いたちは鈴ならし　鈴ならしつつ西方の道に東方の
　道に…
(わが幼年期の太陽よ)
草原の草はかなしいんだ
おお　ヒマラヤ杉よヤクよアルガリひつじよ
森林に巣くうジプシーたちよ
千の曲を奏でよ
虫のように奏でよ
(わたしは　再び虫だ)
幻の大時計はめぐり　経めぐり

未だ　睡っているモミの微笑み…
(モミよ　めざめなさい)
トウシン草の丘の上…
青い白い水玉のかけらみたいな初雪がふっているよ
系数無しには存在せぬこの世界
わたしたちは行こう
行ってしまおう
死の狩人はそっとしておく
新月の緑の鎖　ちぎれるなおおちぎれるな
鐘はなり　鐘はなる…
身も魂も砕けそうだ
水の中　したたる血の潮…
岩の上のクラヴサン　クラヴサンの壊滅。

月はのぼりぬ

月ののぼるごと…　朝のくるごと…
海を大またぎしなければならない

ヒバの小枝をつかむため（ふるえる魂）ある日とても巨きな新月のよるわたしは海峡の端で死んでしまうかもしれない　ヒバの小枝をうちすてて…おお　どうしてうちすてることができる？　太陽も月もわたしをみすてる　太陽も月もわたしをみすてた　しんじられぬほど狂いやすいあなただわたしだ　しんじられぬほど狂いやすいあなただわたしだ

＊

野の木の枝に住むモミ　おまえはほんとにひどい　なんてことをしてくれるのだ　ほら　泣けてくるほどだ空を　銀の鎌もつ亡霊たち颪にのり押しよせてくるわたしめがけて　つるばらのつるほどほどけてくる十二の月の悩み　古代の鏨の戦士ほどわたしは幸いではなく　明日確かに死ぬとおもう　一匹の犬となるとおもう　緑の巨きな月だけがそれをみつめる

＊

多分　わたしは雪の下の青い犬だ打ちすてられた片一方の黒い手袋だ山羊小屋で　さて仕事する山羊飼いの少年になるとして…………………………………村の道　月の道は草茫々で果てしなく　はてしもなくここの世界の果ての地に打ち砕かれた石の鳥みたいな子どもが一人いることはいい　ただそれだけ　それだけでわたしは山なす灰色の草を刈ることができる

＊

おお　できもしようが…
もはやわたしは　あなたたち近しい
者たちのことは気にすまい　もはや
わたしはウッドブレイクかきならし
ペーパーシンバルかきならし大太鼓
小太鼓かきならし星々の林さえ越え
越えてゆこう　そこは林檎の国かモ
ミの国か　わたしはしなだれる柳の
子か折れた草こじきの子か　緑と赤
の長いスカートはいた年取りむすめ
がかまどで料理している　さあだし
ておくれわたしの食べ物おいしい食
べ物灰の食べ物つばなそえ　とって
もわたしは寒いから　どんどんかま
どに薪木をくべておくれ　そとは雪
の森林凍える大地　もう馬のひづめ
の音さえきこえやしない　川ヤナギ
のつぶやきだけ高熱のモミのささや
きだけ　夜だ　とってもわたしはさ
むいから　どんどんかまどに火を燃
やしておくれ　川ヤナギの精たち白
夜の住人たち　霜の大枝は窓辺で風
に叫びさけび　たれがしんじよう弦
のさざめき　たれがしんじよう弦の
怖ろしさ　夜更け　薄草色のレコー
ドまわし　引きだしの銀のスプーン
がたがたいわせ

（『月の車』一九七二年思潮社刊）

詩集〈少年伝令〉から

さわぎく

さわぎく…
霧の国の童子
生きてゆけるだろうか
…真実　問うているのだ
ゆめばかり　みていたねさわぎく
なんて暗い頬。
森林を
灰色狼とともに　かけまわりかけまわった?
どれほどに
笑われていることか　いくことか
どれほどに
あざむかれていることか　いくことか
さわぎく…
棘は
枯草、つららを食べて生きてきたし
草穂は
あめみず、機関車のはきだす
黄色いけむりを食べて生きてきました
ささいなこと…
ささいなことで
気落ちしてはいけない
くじけるような羽虫
エゾ野兎にはもうならないよう。
ネパールよりも　白海よりも遠い
(きみを帰したくないとなみだした)
哀れで　間抜けなコサック兵
…気も遠くなるほど
カフカスの野や山を走りまわった
青い綱を　星屑だらけの空に投げあげた
そして
…なにも、のぞみはしなかった

沖の方へ

スカンポ…
スカンポの森
魂の荒布
愛されぬ
愛されぬ女童子　ザシキワラシ（せめても
おまえは沖の漁師や女や子どもたちにつばき
する者になりたくはなかったから…）そうし
て　わたしの哀しい童子は　微笑むように
波間の美しい林に沈んでいってしまったのだ
ろうか　ザシキワラシなんているものではな
い　ほんとうにいるはずはない　藁の家錫の
家は雪つもった真っ青な森　暗く長い階段を
のぼりゆけば　のぼりゆけば　ぼんやり薄黄
いろい明かりのなかにたたずんでいる汚ない
里の童子…（あれがわたしだ）雨、風に打た
れてばかりいるあなただ、ほのぐらい舗道に
うつぶしている哀しい男のかたわらにわたし
はかがみこむ　スゲ草の髪をくるくると指に
巻きつける（おまえは女郎花に近いつまらな
い女だから　男を、魂の鳥を、いのる心地で
愛撫することしかできない）
お城の中のこだまのように
…よもすがら
スゲ草の太陽を思いつづけた
嵐の女童子だった　山で　金色の梛《なぎ》の葉もつ
山羊飼いの女童子だった　十の市の村の街道
を　鈴ならしつつあゆみつづける粉雪の巡礼
だった（…粉雪の巡礼でしかない）明かりは
いつか消えうせるし　消えうせてもあなたは
女童子をいたみはしないでもいい　わたしは
うつむく　激しくうつむいたり　藁の靴はい
たり　沖の方へたちさるだけでもいい　夕映
えの雨空のようだ…　星屑の運河のようだ…

番屋

ほんとうに可哀そうなスイコ　藁屑や藻屑に埋もれて眠るといい　ねむるといいのだ　灰緑色の風見鶏みたいに　灰緑色のスカーフした女みたいに（天使は帰らないもの）わたしはばらばらにこぼれかかった水晶心臓を胸から取りおとしはせぬか　海辺の駅の柵にぶらさがったゆきわらし達みたいに　番屋のなかの網、しずくがきらめくニシンみたいに

（一体なにを間違えてしまった）雲の崖からころがりおちたりして　高館でうずくまったりして　泥んこの兎の脚や鳥の脚などかかえこんだりして　汚らしい虫追い女童子なだけなんだね　それならそれでかまいやしない　ショールごとわすれな草の肩をだく

山へ行こうかな　と、思っただけだった（秋の青い宿にあなたはいた）行けどもいけどもひとけのない林の中のけもの道で　枯草や花の穂　なんとはなしあなたが哀しみの束をたばねるのはいい　山越えて　魂病む童子をおとずれたり　首吊りの家をおとずれたりするのだから　ふる里の町　青い町錫の町で　風童子の便りを読んだりするのだから　しぐれる夕まぐれ　旧街道沿いの果実店　粉雪の頭巾をした物売りの女たちや　物問いたげな海鳥たちに遙かなはるかな挨拶をおくるのだから

黒雲

I

月からハープを盗む。もはや風の丘へ還ればいい。マッチ売りより八角形の魂よりはかない花穂の幻想しか持て

ないとしたら。何と呼べばいい狂気の少年。風としか語れない沼の童子。罪つくりなことだ。太陽より火盗めといわれたら盗みもする。風より紫の羽盗めといわれたら盗みもする。だからそんなおおきな空色の楽器のかげにかくれるな。おまえはとっても悪い子だ。草むらのなかの眠り娘だ。月からハープを盗む。どんな柵つたって…と問うものじゃない。夏の、晩い夏の文字も失せる。

2

緑の長靴をはいて何処へとぶ？　日曜日と金曜日にしかあらわれない子深夜の大学生。まったくシリトーみたいだ、よくよく労働を愛しているのだから。よくよく蒸気機関車を愛しているのだから。よくよくストーン・ヘッジを子どものような女を愛しているのだから。いまわたしは悪い夢のなかで、沼の蛙娘ほどのぞみはなく、歓喜《よろこび》だってしっているでしょうって？　本当に…歓喜。カヤの茎ほどの、耐えだえの時間の。カフカスの山に行ったときには、白雁つれた若者達が向こうから歩いてきたときには。山なす黒雲。何処へ身をかくそうか。夜の公園の線路…三日月の葉の影…モミのラッセル氏管のなか…。黒雲、そう、黒雲のような岩々が横たわっていて。

3

はく息もちりぢりに砕ける朝、霜の門を出てゆく四、五人の童子達をみる。モミのわびしさをみる。たかが女乞食の一人子なのに、粉雪の精霊ほど誇りたかいのがおまえの過ち。もしかしたらわたしの過ちだったのかもしれず…。悲惨に、汚辱に、なみだするな、それが現実ならば。雨雪に叫ぶ小さな葉モミ。雪となり氷となり雪ヤナギの枝となり、遠ざかり遠ざかる八角形の夢、夢のかけら。ああモミ、わたしはくしゃくしゃの一枚の新聞でも読めばいいのに。一枚の藍の着物でも洗えばいいのに。悪いわたしだ。悪いおまえだ。スカンポ摘む。古い古い大戸棚に呪われてしまったのだ。

少年伝令

1

すすだらけの顔した天使も、雪のつもった乞食みたようなシグナルも、古ぼけたショールに肩をくるみ歩いてゆけ。歩いてゆくと向こうから、松の葉にのった小さなちいさな貴婦人がやってきた。母親はまあ泥と鐘！　―おはようございます

せめて、モミがあれくらい虚心だったら救われるだろうに。せわしなげに、せわしなげに人びとはささやきあう（狂っているのか）。草よりも水よりもいきづき涙するモミ。たったいまわたしは死んでしまいたい。吹雪の林に帰ってゆきたい。

2

…吹雪の林に帰ってゆきたい。雪のにおいのする階段を吹き抜けて。どれだけの地図の迷い道たどれば。どれだけの鉤傷身につければ。救えないかもしれない。それはどんな望みでもいいけれど望みはあるのだろうか。うつろいやすい女たち鳥たち世界　世界のただなかで。神々よりもかなしかったろうに愛する者より刃つきつけられたときには。空ほどの失意。めまいもせずになおもわたしは立ちつくしているけれど、トマトは金の林檎だって、ああ、それがどうしたというのか。風邪ひきモミに語る言葉もない。長い長い惑いの時、銀の歯ブラシを手に持ちつつ夢みつつ、長い長い回廊をうろつきまわっていた。白樺の木の鉛筆を手に持ちつつうろつきまわっていた。

3

霰よりもしずくよりも消えいりやすい者たちを何と名づける。どれだけの歳月追えばいい？　涙で頬を汚す子をわたしは追いはらってもいいはずだ。みぞれのふる日もふらない日もどうして今まで生きてこられただろう。雪空の中のさよなき鳥、あなたの歌は美しすぎた。青い銅版画ほども無縁だ。あの人たちは麦畑よりも淋しい眼であなたをみつめるだけ。―そうでなかったといえるかい？　死んでいるのだ藁の町錫の町。藁の町錫の町には

日も月もない。不意に音がして、町なかを古くさい汽車が黒煙をあげて走ってゆく。月の町を、女たちは遙かにはるかに遠ざかる。もう、それとは気づきもしないほどに。くしゃみをすると雪は溶けだす。パンの用意、種播きの用意、春の靴下の用意、道連れ、自分のほつれたスカートの裾かがり、息づかい苦しい若者へハクチョウ草の花束。それだけで三千日は過ぎ、日はのぼり月は沈む。梳るまもない。そうしてわたしは意識もなく海辺の小屋で眠りこけている始末。

4

ネパールよりも白海よりも遠い。狂乱する子を抱きしめてやってもやっても、銀の葉の眼ざしでみつめかえす。嵐の娘。嵐のさわぎく。髪に若草のかんざしをさせば狂気の童子はとびかかる。朝の童子たちをみると魂も凍る。あのひとはとびはねて山を行くというがわたしはどうしよう。茨だらけの背なの童子。黒や緑の草衣をまとい、少年達はいってしまうのです。雪の積もった夜行列車に乗り、晴れやかに手を振り、おまえに別れを告げるのです。そんなに魂をいたぶってはいけない。熱病者か詩人か、風の彼方に翔んでいってしまう。翔んでいきたければとんでいってもいいけれど、その前にさあ食卓につきなさい。もはや祈らずともいいから、木の匙を片手に取りなさい。あなたの不信は神にだって解くことはできない。

5

…死んだって笑ってやるものか　といっている。夢みたいな少年伝令！　言葉は通じあわないものだ。一つの絶望ではなく十三の絶望をしっているからあなたに答えることができる。夢みたいな少年伝令！　風と雪の音をたて、たてて林の中へ翔んでいってしまいなさい。星々さえ眼つむるという話。雨はざんざ降り風はそっぽむき、背骨のフリュートだなんて大騒ぎして、頭や手足に救われぬほどのけがをして、おまけに食卓の上の白菜までけっとばして、あっというまにカシオペイヤ座まで翔んでいってしまった。きんの髪した童子、粉雪の子猫マヤ坊や。…ほんとうに死んでしまっているのか。破れ鏡やクサキリや、丸い花車すぎる高机や、つららの国の狩猟者や沖の帆舟や島の農夫や草の箪笥や。眼をつむる。遙か昔から夢でみた、夢にみたかげろうほども静寂な怖ろしい少年。駱菊文様のモミのズック靴を洗う。洗いつつ書いた詩――。

舟着場

山の霧か…
山の霧ではなし　町はずれの舟着場
わたしはまってばかりいた
淋代《さびしろ》*に流された童子を　美しい流木を
星屑の雨や霰を

魚網も緑の柄のほうちょうも
星屑ほども静かな童子も
笑われている

はまなすの浜辺をゆくばかり
わらわれていた
いつの世も「火のようなかなしさ」
と、男はつぶやき
「なに？」と問いかえすと
「あっちへいってくれよ」
と更につぶやく
墨東の　薄暗い倉庫の立ち並ぶ川辺の町々は鋼の月
（…とてつもない失敗をまたしでかしてしまったのだろうか）

霜の村か…
霜の村ではなし　町はずれの舟着場
わたしはまってばかりいた
淋代に流された童子を　美しい流木を
潮だまりでは
ミヤコドリさえ雲のかなたの都をなつかしむ
笑われている

＊淋代　地名。

薺《なずな》……

薺《なずな》……
雨降りの少年たち
あのひとには
薄青の衣だけを着せてあげてください
月明かり

（そんなつもりではなかったろうに）
かがりほつれた
野の草の茂みでうつぶしている
女乞食ほども静かにうつぶしている
それから　いたみのようなよるがやってくる
たれも　とどめようもない
松の木があった

かつて
夏間木といったわたしたちの土地　に
あのひとはそこに住んでいたはずなのに
光より
夜の雲にとどきたかったのか
あのひとは　行きくれて
ひょいと跳びあがり松の枝にぶらさがったのか
たましいほども　気まぐれに
風道を
遠い木だまや近い木だまが
吹き抜けてゆく

薺《なずな》……
雨降りの少年たち
あのひとには
薄青の靴だけを持たせてあげてください
月明かり

カヤツリ草にあいに

カヤツリ草にあいにゆく
月よりも悪い道を通ってゆく
たれに祝福されて?
いまは　カヤツリ草の農婦…
三人の息子たち
わたしの幼い日の友たちは
黒い馬にのって
山人ほども
野や山を駆けめぐる
めぐっているというのですね
あなたに逢うために
草穂だらけの停車場で
駅員のいない停車場で
幾時間ひとりで
震えていなければならなかったでしょう
風の童子たちの淋しい画
青い透きとおったくずかご

調子っぱずれの夏虫のすだく長い椅子
ほこりだらけの大鏡のなか
(コスモス模様のあなたのろうそくは燃えつきないでほ
　しい)
薄い二冊の新刊本を
置き忘れにしたまま
わたしはちいさな駅を出る
古ぼけた汽車の座席にかがみこむ
かえり道
村のつましい童子たちは
幽霊に出くわしたよう
ひそひそわたしを見やる
とてつもない遠い亡霊のくにから
還ってきたとでもいうよう
ほつれた水仙髪をしているとでもいうよう
しどけなくみにくく
見るに耐えないのだ
海のトンネルを通過するときは
道連れ、己がいのちの

のこされたときの短さをしり
たじろいでしまう
カヤツリ草の農婦　本当にさようなら
草穂や花穂が
そらをひっかくように
胸がいたい日もあり

波間の美しい家

雨のなかを買物に出かける。深い山間いの町みたいにおだやかな町だけれど、それでも、わたしは二度もすりにすられてしまった。何故か、死の間近さという想いにとりつかれていた。それで、三歳の幼児でさえいまのわたしの手籠から、小花模様のさいふや買ったばかりの物品（コーヒー…支那風紅茶…墨…散り紙…大判のビニール袋等）を取りさることはたやすかったろう。子ども用の料理の本だけをしっかり手につかみ、がっくりと家路をたどる。必ず男はわたしの首を切るだろう。それで、十の市の村に住む幻の大工、優しい白せきれいのことを考えることにした。すべてが喜びの劇でなくてどうして生きてゆけよう。あの物静かな大工は、白痴同然のわたしをつまり三つ四つのわたしを、黒い馬にのせ十の市の川まで水浴びに連れていってくれたのだった。時しらずのはなのくに、しだれ柳の宿。

さびしい晩げにかかろう。

はまなすや溺死者や兄弟達や。乱暴な生き方しかなかったわたしたちでしょう。馬の吐く息のようにびしょぬれて暮らす山の霧よりすばやく子を産み。＊＊「むし」の本を買ってどうするの。その次は「**むし**」の本がほしくなるでしょう、夕映え童子が書いた。＊＊そんなにほしかったら「むし」の本を買っておいでよ藁の町錫の町で…雨の町風の町で…。幻の大工、あなたのおそばを離れてからおかしいけれど、月の数ほども寸劇をみてしまいました。決してなにも忘れることができないのはあなたの不幸か、わたしの不幸か。波間に浮かぶ美しい家にあなたは佇んでいたのだが。

さざんか駅

ふいに呼びとめられて
…さようなら　と
変に明かるいこえで語りかけられたり
片手さえあげて
今日はへんな日なのだ、とおもう
それに　雪そらに薄日さえさしているのだもの

くしゃくしゃの小鈴は鳴る
胸のなかで
（たれをまっているのですか）
わたしのむねのなかには　鈴をもった…
ひとりの子どもの伝令がいて
ああ　なんとそうぞうしいことだ
野原の線路で眠っているのは緑の落葉です
起きろ　起きろ
クレヨン人形の展覧会をみにいこうよ

浦でそらまたひとりの人が死んだ
…いつになったらおまえは年を取り
すこしは舟びとらしくもなり…
みみもいたんでいたいいたいと泣くでしょう
（むだだ　むだだ）
いまはすこしせめて
木のちりとりで霰の滴、粉雪のちりをはきあつめて燃やす間
そちらの方へ　川の方へなりと駅の方へなりといってい
てください

錫を絞るように
…いつの年でも
ながやみしすぎるのはわたしです
川波は白せきれいの羽よりも灰いろです
川辺りの道を釦《ぼたん》を買いにいく
さざんか・駅舎・さざんか・駅舎…とつぶやいていく

（『少年伝令』一九八二年れんが書房新社刊）

詩集〈艀《はしけ》〉から

夏水仙の咲く三時半

雲のように去ってしまった。わたしの書いた
葉書は、散りぢりになって切れぎれになって、
あの女《ひと》の手には届かなかった。どんな沢の近
道もなかった。ほとほとと通う…

夏水仙の咲く三時半、
旅立つ人を一度に二人も送ってしまう。一人
は、運河と湿原の地のはずれに。一人は、野
と落葉村のはずれに。一人には、長袖の薄茶
のセータを持たせ。一人には青い櫛を、とて
も透きとおった巨きな青い櫛を持たせ。

風にころがされ、はなぐもが土のうえをころ
がってゆく。（夕ぐれに、ハクチョウが…）
そう、夕ぐれの工場の噴水のある池に、ハク
チョウが二羽いたのだった。いつか、わたし
はそれを笑いながらみつめていたのだが──。
いま、わけもわからない、気持ちの悪い南西
風が吹きつけてきて、どうしたことかわたし
は《もう、全てはどうでもいい》という気に
なり、不思議そうに人けない池の周囲をみつ
めている。木づたに覆われた、崖のほこらを
みつめている。無人の貨物駅の何十という電
柱には、茗荷の穂のような明かりがいっせい
にともりだす。

沼沢地からの便り

カン　と表でトタン板を打つ音がする
屋根…

屋根につめくさのつぶやきは聞こえはしない
水鳥の啼くこえ
波が遠く近く寄せてはかえす
ふるい水甕…
暗い台所におおきな水甕がにじんでみえる
わたしのみみのおくでは
　金の鈴の音がなりひびく
　　銀の鈴の音がなりひびく

＊

沼沢地からの便り—
…黒いカーディガンがみつからない
ああ、またあの月の亡霊のせいだ
箒草の粒や米の花だけが散らばり
(役にもたたない青い化けものなのだ)
身もこころも錫の自転車ほどおもい
一体あなたは何をしているのです
沼のほとりの小屋で
水晶雑巾に縫針を通してばかりいたわたしです

女童子たちの熱のしみだらけの笹葉、
笹の葉で消炭色のカーディガンを編み
わたしに何がゆるされてありましたか
藁のしべもかなしみも限りはないが
あなたは帰るところがあって幸せだ
わたしは北極へおつかいに行ってきます
眠りのなかですら慰めてくれるのは
雑草に埋もれた引込み線…落葉のくれない…
あなたは頬を赤くはらし
メヒシバの童子をつくっているばかりではないのか

＊＊

緑の林檎の明かりをともして
一そうの小舟がもやっている
水のなかで舟の影が漂よい、ゆれる
大湖沼ほどの青さ
夕がたの菜をつくろうと
わたしはほうれん草の葉を二つかみする
明日は＊＊のピクニック

熱いジャスミン茶も水筒にいれてやりましょう。

湘南貨物駅

天使をみつけるでしょう
あるなつのあさに
場末の
無人の貨物駅の
なつくさのなかに
わたしはかがみこみ
風よりもだまって
帆布のサンダルのひもを結びます

天使をみつけるでしょう
あるなつのあさに
郊外の
無人の貨物駅の
なつくさのなかに
わたしは両の手でみみおおい
クレオメ草よりもだまって
山鳥の羽おとにみみをすまします

＊この貨物駅で、人の姿を見かけることはあまりありません。付近には、地層の露出した変てつもない崖があります。これは、幼いころ、生家と村の育てられていた家を往来したときに見て、わたしの心のそこに染みついてしまった、石切り場の白い崖を想起させます。

緑十字の旗をたてて

風ぐるま…よる
アムールひょうやアムール虎や
ねろじゃ　ねろじゃ
むぎ畑で
むぎをつくる灰かぶり童子
真夜　目ざめては

おまえはなみだをこぼすのですか
大あらしの水車をまわそうと
わたしは　崖下の荷置場までいくけれども
粉雪むすめの絶えまないつぶやきも
芦の葉の一つの論理も
さむい教室か
明けがたの星のように
溶けてほしいものだ
悪いゆめだ
錫の糸がよるの雲に架かっている
子ども用の自転車が横だおしになって
錫の雨にうたれている

風ぐるま…あさ
（小花模様のエプロンが汚れている）
雨風の吹きつける朝は
湖沼地からの便りについて
おもいめぐらす

腐敗した食品はすてよう
カレー・ライスに林檎酒を滴らせる
山鳥　ウサギ　めらし（女童子）の飼いかたについて
おもいめぐらす
はしばみ、すぐりを摘んでばかりいる
　　　　　　　　　　　　小動物は
戸棚からひきずりだして
カヤの焚火のなかにくべてしまおうか
とても大切な問題だ
天の青の煤《すす》ばかりが目につく日々　月々

風ぐるま…ひる
おまえの喜びはわたしの喜びなのだから
どうして
おまえのすることを
とどめることができよう
虫とか落葉とかの散りしかれた道を
薄紫のショールに肩をくるみ

カラン　コロンと下駄の音をさせて
還っておいで
いつだって　わたしはまつ者
ゆえはあるおまえのいらだちも
わたしのもどかしさも
ひかるカヤツリ草の茎のように
もつれあうばかり
（昼の月はかぼちゃみたいだね）
水や二、三枚のお皿　草箒…
わたしたちの自由になるものはすくない
跨線橋のうえでたたずむ
田の庭　緑十字の旗をみつめてもみよう
風ぐるまの一小隊が
そらを行進していくよ

粉雪の愚者

ねむりながら子どもが泣いている、いつまでも泣きやまない。どうしたのだろう。木精がよるを吹き抜けるからだろうか。ゆめのなかのようにまた一人子どもが駆けてくる。息せきって。―この辺に病院はありますか？　ときく。―えっ？　すぐそこの裏道にありますよ　と、わたしはおどろいて答える。さむけがしてわたしすら風邪ぎみだ。今晩は熱い生姜湯でものみ、芹のかゆにでもしよう。風の音は低くまた高くわたしの上を過ぎてゆく。枯草色のオーヴァ・コートはあちこちすりきれて、ポケットのなかも破けてきた。けれど未だフードつきのこのコートでいい。ねむりながら子どもが泣いている、いつまでも泣きやまない。

＊

幾たび恥ずかしさをおわす？　何処まで追えばいい？　野には濃い霧がたちこめていたあの時。大旋回する教室（いったいそこに誰がいただろう）…この頼りなさ。そこにあなたがいることはわかっている。草穂に銀のしずくのとどまっているま、わたしは堅越山の巨男《おおおとこ》ほどにも沈黙していたいだけなのに。けれど、おまえの指は紫色で汚れてしまったね…。蒼そらでしか生きられまい。さあ、行ってしまえ悪霊！　籠のなかには一つ二つ魂のかけらでも投げ入れて。

＊＊

夕ぐれに乳母車にのって子どもがゆく。すかんぽの産ぶ着を着て。月がゆらゆらとのぼってくる。水晶小屋に帰ってゆくのだろうか（なぜ、笑っちゃうの）と、子どもが聞く。（いいえ、おもいごとをしているのです）ほっとして子どもは眠ってしまう。本当に、箒を持ってわたしはぼんやり考えごとをしてばかりきた。十一月に菫色の葉が落ちてきたとか、おおきな白いむく犬が、道路で、首輪をつけたまま死にそうになっていて、だれも見もせず通りすぎていったとか。こんな事は、そう、どうでもいいことだろうに。…水仙茶を飲みながらあなたのことを考える。浦で、藻のように長い髪で顔を蔽い、眠る。

ねむってばかりいるのですね。雨風祭もしらずに、
花婚式もしらずに。

るり色の鳥よ

浜まで追ってゆく
いゝいゝめぐさい童子を
魂のこわれてしまったるり色の鳥を
水ぐるまのまわっている広場から
息も切れぎれに
（もう、わたしはだめかもしれない）と
わたしさえおもっているのだから
臨海公園の真しろの小猫さえおもっているのだから
たとえ、おまえやわたしを
黒星の美しいスカーフをした女のひとたちが
笑っていたって
笑われたってしかたがないのです
枯草色のコートの袖もすりきれている

（ああ、とても恥ずかしい）
と、おまえは言う
金と銀のだんだらの針が浜辺に落ちている
それに青い糸を通そうとしても
不意に指をいためてしまって
いまのわたしにはとてもむつかしい
—るり色の鳥の巣をこわしてしまったのは
もしかしたら
わたしかもしれないと首を垂れる
黒い空にちらばっている
魚座の星々は
だまってわたしたちの影をみつめている
（魂のこわれてしまったるり色の鳥をどうしよう）

朧ろな月のよるもあった
朧ろな月のよるもあった
草花の咲く屋根の家のまえを通り

…巡礼者のように
ネムの木の街道を通り
松毬、松の葉っぱの散らばる丘を通り
あるいていった
いつかは青鷺とともに
沼の朽ち葉に埋まり
菱草のようにくちはてよう
（こうも言いかえられる）
藁ぐつでふみしだかれ
星々の畝にくたりと横たわる
いずれわたし達は長い長い巡礼の者
両手で野スグリ食む者であった
誰もおまえが黒雲の子であることをしらない
ツツドリの子であることをしらない
鳥になったつもりで
ネムの木街道までかけてゆくつもりで
ふうわりと翔びたつなら
雨降りならつばさはぬれようし
青草のしとねはつめたく

けれど　本当に翔びたいならば
それはとてもやさしいことなのだ
虫籠のなかの虫をつまむよりやさしいこと
朧ろな月のよるもあった
――すると　これはゆめなのかもしれない

野で
濃い霧のたちこめた野原で眠りこけ
ひどいゆめをみてしまったのかもしれない
ヤナギの木の下で風邪をひいてしまったのかもしれない
もう少しで
帆柱にしがみつき揺れている粉雪のゆうれい達から
くるくるとときほぐされて
南風、しっかりとした帆綱になれるかもしれない
朧ろな月のよるもあった

潮だまりで

草の精の通った道なのか、夏に、たんぽぽが咲いていた。わたしは急いでいたから、一たんぽぽの夏、とひとりごちて、小花には余り目をむけなかった。夏そして秋、わたしは未だ生きているだろうか。浜辺の荒れ果てた庭の女園丁としてなり。潮がみちてきて。とてもしずかに秋が来ればいい。

潮だまりで、
あの女の子がしんじられないほど淋しい顔をしているのは、わたしのせいだとおもう日がある。

七つ、道を曲がって、そう、七つ空の雲の道を曲がってたどりついたのでしょう。誰がおりましたか。小さな木の馬やら黒い変なあひるやら透かし百合の植え込みやら。ずっと昔からわたし達の知っている廃屋の前を通ったのでしょう。

花穂は暗鬱においしげり、八月。田園踏切の黄色い柵に寄りかかりつつおもったこと。ひと茎の苦が菜には耐えられるけれど、二つめには耐えられない。そして、やがて、三つめには耐えられるようになるでしょう。星に、ほら、かえで色の網を打っているぼろぼろの衣の童子がいます。

風

野の影のように
ぼんやりと
果樹園の
入り口に立っていたわたしだった
とても近くから
リンゴの香がしてきた
なにか…長い間
わたしは愚かしい行為をしつづけているのかもしれなかった
場違いなところで
木の椅子に…こうして
茫然と坐りつづけているのかもしれなかった
周りには
ひらひらしたナイロン・レースの靴下をはいた
女童子たちが黄ばんで
喜びに充ちあふれて
おなかを月のようにふくらまして
走りまわっていた

*

どこの森といって
わたしは山の鳥たちの
水飲み場へいっていたのだった
そこには
蒼馬の神さえいた
ホオノキを伐ったり
すぐりの実を絞ったりしていた
風は巻いたり

風が巻いたり
草の穂群れは白く
岩やまは青灰いろだった

沢山の夢想をちぎりすててばかりきた
粉雪の愚者なのだ　と
あなたはおもいなさい
《わたしにはなにもかもわからない》

＊＊

山の家まで
穂束を背負った童子たちをおくっていく
巨きな松の木が
三日月の両手で顔を蔽っている
立ちながらねむっている
あしもとをふっとみると
緑いろの薄羽の虫が息たえていた
──オオミズアオなんだよ、これが
燦爛《さんらん》として

曲がった沼地の娘

鶉《うずら》のいる窪地から
かすかな便りがあって
（近い月日、遠くの方へ越そうとおもう）
と、あなたは言う
白い馬なり兎馬なりにのって
あなたはどこへ行こうというのです
林檎畑のぬすびとよ
曲がった沼地で
夏白菊がさきしげる沼地で
幼ないときから育ってきたわたしたちだけれど
このごろ、あなたは口ごもりがちで
多くを語りたがらない
宙にただよっている夕星かともおもう
花ニラも黄ニラもさっとゆがいて
それは、それだけでいいのだけれど
《人にも鳥にもみすてられる》などと
あなたはどうしてつぶやいたりする

トロッコ線のある町はずれの崖したの道を
往ったり来たりして
六つのとき、わたしはそんなことを知りました
(少年猫のほうがまだましなくらいだ)
本当にそうかもしれない
でも今日は、沼地の方から白い鳥たちが
すすきの穂の銀色に揺れるここの川辺にやってきて
雲は、薄菫色のそらをしずかにながれてゆき
わたしはといえば水車小屋ほどの小さな家で
かがみながら、なぜともなく心はせいいて
月か人かに手紙を書きつけているのです。

菖蒲《あやめ》畑ばかりがあって

ウスベニアオイ色の
どこまでもつきない林が
あるものとばかりおもっていた
ほのぐらく
うっとおしいほどに枝の垂れた
森への道が
あるものとばかりおもっていた
そこは武蔵野のはずれでもよかった
わたしさえつましい青い花冠をかむった女童子だった
切りたつ崖のはずれには
奇妙なほどにほとんど口をききあわない
学生たちの寮がぽつりと建ってあり
高窓からそっとみると
眼下は一面の雑草の風の野だった
(かすかに水のにおいがしたが)
けれども月日はたった
夏の雲または…
詩人の妹から便りがあって
八月のころに
淋しい年々の住まいをおとずれてみたら
行けどもいけども賑やかな
町また町ばかりだった
一番近かった家の

あのおおきな斑《ぶ》ち犬ダルメシアンはどこへいってしまっ
　たのだろう
たまにしか練習しなかった
主人のトランペット奏者はどこへいってしまったのだろ
　う
（しずまりかえった屋敷森、林は…）
わたしは目をつむろう
白いレースのエプロンを
出まかせの店で詩人の妹のために買ったりしたけれども
胸は苦しく、しゃがみこみたくなった
菖蒲《あやめ》は湿地に咲くものとばかりおもっていたのに
日のさんさんと当たる畑に
つかれげに咲いていた
菖蒲は湿地に咲くものとばかりおもっていた。

艀《はしけ》亭への道――菅原先生に

艀亭への道を歩むとき
あなたを想う
うらぶれて
救いようもないわたしは
あなたを想う
どうぞ、ゆるしてください
わたしはあなたに
なにもさしあげるものがなかった
どうぞ、ゆるしてください
わたしは島の神[*1]でもなければ妻の神[*2]でもない
まして異邦の灰色の壁に彫られた
きよらかな鳥を抱く女のひとでもない
奇体な蛙娘のような女童子
もしくは女乞食なのです
そして、四月の川のような目をして
木の椅子に止まっていた
イソヒヨドリだったか、あなたは
かなしみを知った少年のように
ゆっくりと歩んでいった
（鳥よ、ゆっくりと歩め）

いったい、どんな冒険をしようとして
あなたはわたしをわたしたちを置いて
旅立ってしまわれたのです
いま、わたしの胸は乱れがちで
月の光のさす小屋のように重いのです
とんでもなく間違った航路をゆく
舟かもしれず、ともおもい
どうぞ、緑の薄絹のような鵞ペンで
わたしをわたしたちを
ひかりのさすきららなあなたの境域
静かなしずかな燈心草の野まで
連れていってください
とも、念じ…

（生きてゆきなさい）と
真夜、あなたは
語りかけてくださったのだったか？

＊1　地名でもあります。（神奈川県鎌倉市にある）

＊2　地名でもあります。（青森県南部地方にある）

（『艀』一九八九年れんが書房新社刊）

詩集〈浦へ〉から

オーロラが振りかえる

オーロラが振りむかないといって
おまえはかなしむ
でも　あのとき
本当にオーロラは振りむいたのですよ
《どうぞ、
あなたのなさりたいようになさいな
粉雪の愚者のことなぞ
ほおっておきなさい》
と、言ったのだったろうか
……………………………………
鳥が啼いている
未だ　よるなのに

＊

藁色の廃屋としかみえない
がらんとした木造ホテルの前を通ると
（月に一度だけ、子をつれて）
とら猫は悠然とあゆみ
白と黒まだらのニワトリと赤茶色のニワトリはいて
ほのぐらい玄関の奥のほうには
二、三人の人のけはいさえして
影法師のゆらぐように
つまりは観光ホテルとして
機能しているようで
わたしはおどろいてしまった
（人はどのようにでも生きられる）

＊＊

カヤツリ草、五月は終る
　　　　あなたは
それほどまでにあなた自身を

いためつける必要はなかった…
薄紫色のプラスチックの小屋に住んでいようと
さびの浮きでた藤色の自転車に乗っていようと
日や月が欠けていこうと
田園踏切りを渡るときは想いなさい
ここで葛の葉やすすきの穂にまみれて
沖の童子が消えていったことを
また想いなさい、雨や風、六月の芍薬《しゃくやく》畑では
身も魂もいたみにたえかねると
女乞食さえ小犬のようにしんとだまり
あてのない旅にさまよいでる、ということを。

波…

かつて美しい日や月をみすぎたのか
よろけた菫色のレースのカーテンをあけて
窓のそとをみて
両の手でわたしは顔をおおってしまった

木造のわびしい半蔀《はじとみ》荘というアパートはすでになくて
いつのまにか
青灰色の海になってしまっていた
朽ちかけた船には緑のつるがからまり
波に揺られゆられ打ちよせていた
(なにもかもわたしは知らなかった)
波、波…
こんなことはすべて
夢のなかの出来事にちがいないと
眠っていても考えていて
水瓜畑を走ってゆく童子を
みているときのように哀しかった
かすかにかすかにと。

こわれている水ぐるま

小さくて美しい水ぐるまがこわれている

ゲインズボロを観にゆく
雨のつめたく降る日に
鋼鉄でつくられている水ぐるまなのだから
遠い日にはじめて知った異国の画家が
ゲインズボロだったとは
少年雑誌の裏表紙にのっていた
小さくて美しい水ぐるまがこわれている
よるべのないひとが、近くで
頭をかかえしゃがみこんでいる
《走り水から来たのか　とか
追浜《おっぱま》まで行くのか　とか
わたしに何も語りかけるな》
ゲインズボロとはそも何もの？
…………………………
時しらずの咲くくにでは
微かに顔をしかめて
古い時のひとたちが
カラウメの散りしかれたはなびらをみつめている

小さくて美しい水ぐるまがこわれている。

物知らずの鳩

（さようなら）と物知らずの鳩がいう。山フジのつるのからまる青銅の橋を渡る。（どうもありがとうございました）と物知らずの鳩がいう。わたし達を乗せ、バスはこうして夕方の道を、ほとんどなにもわからぬ十三の月と日まで走ってゆくのでしょう。

＊

畑仕事をして月日を終えられたら…と想う。薄青いそらの下で、ひかる穂麦を束ねたり。そうしたら、風のカーテンが少しばかり破けていようと、すすけて壁が灰色になっていようといい。けれど、なんという物語を黒雲は吹きつけてくることか。木の枝のように、カヤカヤとなる木の枝のように、そんなことはわたしはとても聞きなれているはずなのに。

＊＊

《だまって抱きとめてやってください》
この鳥の歌こそ…
（ここが死むところ?）と子どもが聞く。（いいえ、レントゲンをとるところよ）と、うつむきながら、巨きな本を読みながら女のひとが答えている。雨、風の入江でしばしわたし達も碇泊しよう。

＊＊＊

べにばなオイルを台所の床じゅうに零す。（きっと零すだろうとおもっていた…）零してもいいけれど、床がべにばなオイルだらけでもいいけれど、気づかない？　気づかないの？　わたしの心臓はつまり菫色に染まり、菫色の棘とげにさされる。

嵐

満天星だらけだった夜
乾草車にのって
スワノ平《たいら》の方へ
山守の住みかの方へ逃げていったのだった
（戦争だった——）
わたしはぼうっとした女童子だったから
夜の街道はそんなに怖くはなかった
けれど　いまは
どんな夢魔が
　どんな夢魔が
あなたをくるしめる？
薄青い星屑や胡桃の実や殻が
がらがらとこんがらかって
山鳥のようにいたみやすい
あなたの心臓をくるしめるのか
生きてゆくことは

全て脈絡がないことなのに…
神さまは本当にいたずら者だ
三十年間わたしをからかってばかりいた
落葉松《からまつ》林を吹いてすぎてゆく風も
酸っぱい果《み》のなる樹々も
人びとも
けっしてわたしを許しはしないだろう
なぜかはしらないが
多分わたしが齧歯類の小動物なみの女であったから
日月の神々の気にさわることばかりしていたから
コサギのように
一日じゅう愚かしいわたしは
川辺をほっつき歩いていたから
緑の囲いにかこまれた青い水車の音を
きこうとしきりに思ったり
魚の王の死にゆくさまをじっとみつめたりしていたから。

さくらんぼの産ぶ着

スカンポの野で
婚礼があるというので
子を連れて出かけてゆく。さやさやと草穂がゆれるごとに羅《うすもの》の美しい女たちもゆれている。(なにを笑うの? そんなに)と、笑いころげているのは自分なのに他のひとに言いつのっている女童子がいる。草真珠のしずくを黒いビロードの衣に散りばめて。風に、長い髪はなびかせて。舟に乗り、辷るように神話めいた人がやってくる。わたしは(これですべては解決されるだろう)と想う。雪雲ほども消えることのなかった長い長い惑いすら。おずおずとわたしは神話めいた人に近づく。雪雲の冠につつましく、頭をたれる。いぶかしそうにそのお方は《わたしはあなたについてなにも知らないのです》とつぶやく。本当にそうにちがいないのに。わたしはただ、ぼんやりとして、枯れ草の蔓のからまっている子の腕をしっかりと握りしめる。スカンポの婚礼は、明け方にはじまり月の出に終る。

＊

魚座の少年がやってくる
右手に石榴《ざくろ》、左手には白銀の魚を持って
（なんというおちつかない気もちなことだろう）
月さえ落ちる
水たまりのなかの雨粒かねじくぎのように
わたしはそっと立ち消えてしまえばいいのに…
魚座の少年がやってくる

＊＊

川沿いの引込線に
ひどくゆっくりと速度をおとして、青とセピヤ色の二連結の無人電車が入ってくる。おまえにはさくらんぼの産ぶ着をあげたかったのに、枯れ葦のボシャボシャした袖の長すぎるシャツしかあげられなかった。《それだけでもいいと思いなさい》と、あのお方はおっしゃるけれども（魂こそは―）。おまえの魂は青とセピヤ色のあの無人電車のように、遙か遠くを、灰緑色の林檎林のなかをさまよっている。（時しらずの鳥かもしれない）さまよいつづけているのだね。

田の庭

苔むした墓地のほとりを
あるいてゆくと
笑いながら
薄雪の童子たちは芦ぶえを吹き
静寂な闇のなか
雨の降る石だたみ坂をのぼりおりした
彼の日々
黒雲の年々
わたしは田の庭にいた
田の庭ではたらき、つかれていた
そして、いまはわかるのです

あなたは
（あなたも）
それほどにも
ひとりだったのだ、と
微かにかすかにあなたは微笑んでいた
わたしは、といえば
ただ青ざめていた
口ごもり、風邪ぎみで
いわれのない誤解にもいさかいにも
さむけがするばかりで
歯髄炎は併発するしで
つらい気もちだったのです
ライ麦袋を背にのせ
ヴェズヴィオへの道を
雨降りに
よたよたと歩いてゆく
兎馬みたいな気もちだったのです
震えは
レイン・コートでもはおり

五月でも
ストーヴをたき
くまつづら科のお茶の一ぱいものめば
直きにおさまるものでしょう
睡り草のような
あなたに語りかけたかった
十の市の村の
街道をかけていって
かけていって
あなたの近くまでいったときに
わたしはみばえしない童子で
あなたはねむたかったのか
すげなかった
真にすげなかった
夢をみていたのか
岩の壁に背をもたせて
松の木に
あなたは首架けようとしていたのか
沢では水晶ゆれ

水草がゆれ
瑤珞がゆれていた…
でもそんなことは
いまは、どうしようもない
ことだったとわかるのです、ただ
……………………あなたは
それほどまでにあなた自身を
い、い、い、*めぐさくする必要はなかった
雨の日に
砕けちった青いガラス壜のかけらも
瑠璃唐草《るりからくさ》の花びらも
黒雲やあなたを
どうしようもなかった。

*めぐさく　みにくく、みっともなくの意、東北方言です。

青い町錫の町

青い町錫の町
わが愁いの町
野菜売りの女のひとりふたりだけが友だちで
童子とともにボギンスの丘*を歩んだ日々
遠くからは風の運動会のおとがしてきた
曳舟までの道のなんとわびしかったこと
荒墟《あと》のような
鉄材の山また山を
すりぬけるようにして走る都電には
ただ一回のったきりだった
(すぐに廃線になって)
中世の僧院風の中庭のあるアパートの
ほのぐらい八階までの階段を
魂の包み袋のように
黒いビニールのごみ袋を
しっかりかかえこみ
昇り降りするごとに

（希みはない）
と、わたしはつぶやいていた
けれども童子には
もっと希みがなかったのではないか
巨きな犬に　カルに
廃屋に住む
（緑と夕焼け色の）
…時しらずの花をしらぬお化けたちに
きりもなく追いまわされていたのだったから
アパート近くの川には
小さな舟がもやっていた
川岸には灰色の電力会社が建っていた
そのひとけもない敷地を取りまく
有棘鉄線は青緑色だった
（棘《とげ》ちゃん！）
と、童子は呼びかけては
たよりなげに
青緑色の鉄線にさわってみた
それからかすかに微笑んでみせた。

＊ボギンスの丘　『百まいのきもの』（岩波こどもの本）の
なかにでてきます。

だまっていてください

頬は青ざめ
おまえは汚い野鳩なのだね
満天の星屑ほどにものぐるい
ものぐるう
（いま　すこし
だまっていてください）
菱形の樫の掛時計の止まるとき
黒森山のよるは復活する
そうしてわたしはいない
唐松の林を吹く風だけ
藪かげの水晶小屋の
主のいないふくろうだけ

ひとはすべてすこしずつ病んでいるのではなかったか
ひとはすべてすこしずつ病んでいるにしても
あなたそしてわたしは魂病みすぎている
ばらばらと落ち葉が散らばっている
秋からの送り荷なのでしょう
屋根のごと　なにも希《のぞ》みはしなかったし
屋根のごと　なにも希みはしない
ノボロギクのように生きてきたし
ノボロギクのように生きていくといい
よるの町を
月と
青い童子がもどってくる
海沿いの
美しい夏の店から
もぎとられた金の腕…細長いブリキのジョロ…丸い果物
　などを買って買って。

水ぐるまのまわっている広場から

大雪のふる日には
彼のひとのように
水ぐるまのまわっている広場は
恋をこいする人たちでいっぱいでした
黒雲のたちこめる日には
あなたのように
水ぐるまのまわっている広場は
二日月よりも哀しい人たちでいっぱいでした

＊

船倉にいるほども暗い朝
魂のしずむ朝
星ぼしは落ちて果てて薄緑の草のしずくとなる
嵐のように来て
嵐のように去る
いつだって
熱月

わたしさえ草原ふうの女で
露草の衿巻きを首に巻きつけ
かまどに薪くべる者
棘のささった裸足で
水がめに重く
水を汲む
森や林のなかの人びとのひとり
三十年間
市の人びとにつばきされてきた
異土の女
遙かかなたから
雨、風よりも遙かかなたから
青い鷗のつぶやきが聞こえてくる
「美しい海の花むすめたちに囲まれて」
「月のよる　水晶海岸で婚礼があった」
あ、
月見草のようにおおどかな水晶海岸の婚礼
森厳、壮麗な婚礼
シサオの婚礼

（どれほどにあなた達を賛美することか）
嵐のように来て
嵐のように去る
大白鳥が
わたしをついばみにくる予感がする
いつか

＊＊

彼のひとは…
こわれている水ぐるまだったのか
あなたは…
泪するかたつむりだったのか。

霙のふる日もふらない日も

Ⅰ

赤い　透きとおったレイン・コートを着て

子の手をひいて
こうして
雨の日に
百年も歩いてきたような気がする
アルストロメリア
鮮紅色のつつじに似たアルストロメリアという花を買い
病むひとを二人で見舞いにいったのも
雨の日だった
シサオの婚礼にいったときも
雨の日だった
——みのこした絵があるの
（たくさんの絵がみたいから）
と、いうけれど
未だなんにも描かれていない
あなた自身がセピヤ色の画布でしょう
腐蝕しかけた青銅の門に
真っ青の鳥が止まっていたのも
雨の日だった
べっこう蜂やら足長蜂やら

ファーヴルは喜ばしい生をおくったのだろう
熱中するものがあったものだから

Ⅱ

そこでは
押しだまった黒鳥たちが
羽をやすめて
じっとしている
つかのまのゆめをみたり休息をとってもいる

（あなたは約束を破りましたね）
《わたしは約束を破ってばかりきた…》

（答えをあなたはご存じのはずです）
《すべては本当にわたしの故なのだろうか》

（これ以上もう、インドコチョウ蘭を育てる少年をくるしめないでください）
《なんという不可解な言葉であったろう》

晩い夏の日…
蟬の羽はとうに半分ちぎれてしまっている

Ⅲ

昨夜も一昨夜も、しおたれたサギ草のように陰鬱なゆめをみた。若い日に亡くなった姉が、雨雲に包まれた劇場で、舟にのり、ビアズリ風の女のひとのなりをしてゆめのなかに出てきた。ずいぶん沢山の言葉をかわしたのに目ざめるとなんにもおぼえていない。姉はなんだか黒鳥になってしまったりするのだった。「黒鳥座」とかに囚われているようであった。髪の毛さえ、ヒガンバナのようかぼそく赤くなってしまっていた。

Ⅳ

向日葵はいきも絶えだえに…
草のつり橋を渡りそこなった虫
あの童子は草のつり橋を渡りそこなうかもしれない
心惑う一生で可哀そう
鋤と鍬を持ち、焚火の白い煙のレースを着てから松林のなかの家に住み
水晶小屋に住み
畑には　稗や裸麦をまきなさい
《悪い男といそひよどりなんているものだろうか》

雷がなったら洞《うろ》にかくれなさい。

螢

シモツケ草のはなむれのように
魂のように
星を　ふたつに
割らなければなりませんでした
落葉村の童子を
あんまりあいしすぎました
光ったり消えたり
山際のあたりで畦道で
消えたり光ったり
いそがしかったのです
（それはそれはいそがしかったのです）
白藤色の衣をうすものを
はおったり

月の尖端に引っかけたりしました。

屋根屋

魂の籠や桶を
つくっているのだろうか
あの水晶小屋では
屋根に　百合のはなが咲いている
いつもしんとしているから
草と雨のにおいがして
かなかな蟬がないて
ときおりは
胴の長すぎる縞しまの猫が
のっそりと出てきたりはするけれど
またときおりは
荒織りのレースのカーテンをしっかり摑みながら
くるったような女のひとが
出てきたりはするけれど

空を　青く真四かくに
切りとってこれるように
どんな風吹きの日も窓をあけている。

浦へ――長詩――

Ⅰ曲

たとえ死のうさぎがおまえをひきずろうと、二日月に鳴る風が愛する者たちをついばもうと、なにもできはしない。ひばの里で眠るだけ、ねむるだけだ。星々のかけらも恨みも、夢みることさえできないおまえになにもできはしない。いったいおまえは草むらのなかでも生きてはゆけまい。百年もたって未だめぐりあえぬ粉雪の童子たち。眠りなさい。明日そしてそのつぎの明日にわたしが生きているとどうしてわかる？　からまりあう粉雪の絲の城に住んでしまい、カヤツリ草の幽霊みたいなわたしたちではないか。

Ⅱ曲

鈴がなっている
秋だ
バラの実のように
あちこちで鈴がなっている
時はない…
（本当に出てくることはないのに）
ほら、すたすたと
すかんぽのお化けやら霰のお化けたちがやってくる
わたしは、町角にひとりで住む
無口なブリキのバケツづくり屋のように
すかんぽの産ぶ着やら
霰の産ぶ着やらを
縫わなければならない運命なのだと
さとってしまう。

Ⅲ曲

鷗の泊るよるは　おまえはとても不安げだ
どうぞわたしを守ってください、という
島の神か妻の神のよう守ってやりたいのだけれど
みぞれの道を歩いてきたようでわたしも熱っぽい
わたしたちはおぐらい舗道にたたずむ
二人の女乞食みたいにみえるのではないかしら

雨の歌をうたっているのはだれ？
（おまえに歌がうたえるものか）
と、遠く遠くでひとがつぶやいている
本当に、わたしは歌がうたえないのだった
（…それなら、道の辺りの芦笛を吹くしかないのですよ）
と、真珠の浮き巣のよう川なかでまるまっている
鷗たちが、汚いこえで
わたしに語りかけてくれる
遠い何処かで
なにかがこわれてしまっていくようだ。

Ⅳ曲

沖館*に住む…

わたしたちの鳥は死んだと
　鳥かごを持つ少年に
　　傾いて立つ少年に
　　　告げましょう

わたしたちの鳥は死んだと
　真白の毛玉に点々と
　　赤いリリヤン糸のよう血をにじませ
　　　すべてはおわるのです

Ⅴ曲

火の鶴はとび…
火の鶴はとぶ…
箒草につつまれた藁の家は崩れる。稗の粒や米の花
だけが散らばりちらばる。離島に流された楽人ほど

にもあきれるほどにも。コスモスの咲きみだれる野づら、夕づつの吹上村への道を神のような童子かあなたか…と歩いたときほどにも。死んだ方がましだ！　とおもえ遠い遠いわたし。火のようなかなしさ、草穂ほどのかなしみ。例えば、野で、金の梨の木の下で、水仙茶を飲みながら瞬間考えたことを全的に肯定したいと語るならば、風邪ひき猫も、花々も、うつくしい童子たちもすげなく去りゆく、去りゆくということは、ああ可哀そうな＊＊、異郷の山《さん》顚《てん》で鐘の音をきくよりはるかにはるかに明きらかなことなのだから。

Ⅵ　曲

青い毛糸を巻いてはほどき
ほどいては巻いたりしていると
雫のように
ただ一人よるがやってきて
雪そらに
そんな日には
雪そらに漂う
あなたの顔さえわかるのです
灰いろの羽には
血さえにじんでいる
（わたしは女乞食だから。わたしはパンが要り用だから）
ふくろうたちのホーホーとささやく声
「アホタレといいましょうよ」「ええ、いいましょう」
あなたはアシジの聖者ではなく狂者ではなく愚者ではな
く
野の
ただ一本のかぼそい緋色の柳の木
めぐさいざしき童子なのだった
日は追いかけよう
あなたを
ニリン草の入江に没するまで
……………………
ニリン草の入江に没するまで
……………………

＊沖館　青森県の湾岸沿いに同名の地があります。

アルストロメリア

アルストロメリア…
アルストロメリアという赤い小花を
食卓にかざりながら
途方にくれながら
わたしは午餐の用意をします
こわれている水ぐるまのことを考えます
風のつよく吹きつける日に
（生のはじめより生のおわりまで）
日や月やの
白金の手綱を賛美することができるかしら
あなたが喜悦する白痴の童子だなどと
だれがしんずるものだろう
暗く
遠い遠いあの霜の森
大雪林
藁の雪靴をはいた
茨だらけの服を着た
十三の月の狩猟者たちを
激しくせきこむほどみつめるのは
あなたかもしれず
わたしかもしれず
金と薄青色の夕焼けぞらを
ゆれる沖の家を
水のない橋げたを
どうして忘れることができるでしょう
そう　幾たびかいくたび
わたしは日々のくらしにもどり
幾たびかいくたび
北海の生物学者やかれんな地獄人と
睡り草のよう
月の青い蛾をつかまえようとするのです
アルストロメリア…と
つぶやいてみたりするのです。

金柑を煮る

金柑を煮る…
氷砂糖で煮てくださいな　と
病むひとは言うけれども
どんなに探しても
大戸棚に氷砂糖はみつからない…みつからない…
わたしたちは屋根屋を待っている
（美しい屋根屋を待っている）
鈴蘭のようなこえでかつて語ったひと　と
夕べに黒雲をみつめている
北海の緑の屑かご
くずかごの屑はすてよう
両の手で顔をおおえばいい
もしも
もしもそのようなお方がおいでならば
沖の果ての
王なる王に
深くふかくスゲ草の頭はたれよう

金柑煮にぶどう酒を一、二滴したたらせる
雨の歌をきく。

ホロキ長根のかすかな住人

ホロキ長根*の畝道を
あとになりさきになりして
あなた達は歩んでいるのですか
夜も　近づいたのに
ひとりは丘の上の辺りで
月のように
ころがり落ち
灰色の影法師の地へ
往ってしまったのではなかったのですか
もうひとりのあなたは
ぼんやりと　ただ
ワタスゲの穂かもしれず
宙に漂っている…

（とても　つらいのです）
というこえをきくと
頬もみみもりんりんといたみ
それは　風や電線をつたわってきて
そんなはずではなかった…
さくらんぼの産ぶ着に包まれて
真鍮色の夕がたの入江のように
満ちたりているはずだった
彼の地を遙かにはなれ
わたしは　いまは
茂く夾竹桃の植えてある
小径のそばの
小さい家に住んでいます
（すべてを
あなたとあの方に
ゆずってきた）
ときに
水鳥のとびかう河畔を
青い水門の辺りまで散策します

……山合いの霧のよう
ホロキ長根のかすかな住人
いまは　あなたは
たれにもみえず
………………
さくら林のよるの山道を
それほどまでにも
何処までも
（あなたはあなた達は）
歩いてゆかなければならなかったのですか。

＊ホロキ長根　青森県八戸市のなかの地名です。

順礼

半分眠りかけたミヤマツツジの小道を通り、山人たちの宿にたどりつくと、日は薄緑やオリーヴ色に耀く森林の果てに没してしまった。星々が、胸つくほどにひろがり、けっして物言わぬ山人たちのひそやかな晩げがはじまった。緑や真珠色のかすかにまじった箸やおとなしやかな茶色の大食卓。わたしはそのときしおたれて飢えた女童子だったのに、山の果実、球根、山菜などのあふれるほどつみあげられた食卓よりも、なぜか《峠》ということばについて考えていた、しきりと。

また、山人たちの過剰な沈黙ぶりに激しく心ひかれていた。ああ、この森厳な面だちした男たちは女たちは、なにをいったい言いたいのだろう。どうして、小さなわたしを仲間はずれにしないのだろう。山の下のにんげんたちの世界では、愚鈍なわたしは絶えず物笑いの種であり、仲間はずれだったから、そのことを奇異に思わずにはいられなかった。

小梨の木の伝説のことを語ろうとしているのだろうか。小梨の木に木のぼりしていた、赤い髪したむすめのこと。それとも「二度も林檎を盗むひと」の話のことだろうか。生まれてはじめてわたしも林檎を盗んだことがあった…。いまならば、わたしだって戦火のなかの極度の飢餓状態という正当な理由づけもできるけれど、そのときは〈盗んだ〉という恐怖が、谷合いの霧のように胸いっぱいにひろがり、死なんばかりだった。

山人たちは、どんな話も晩げの間じゅうはしなかった。ただ、ものしずかな食事がおわると、大きな車座になり、手をつないだりはなしたりし、歌を歌いはじめた。それは死者の魂を鎮める歌なのだ、ということは、幼いわたしにもわかった。それほどに山人たちの歌声は汚れなかった。森林も湖水も大地も、星ぞらも、山人たちのつぶやくような歌に唱和したのではなかったか。山人たちは、胸に水晶の首飾りをしていたが、腕にも水晶の腕飾りをしていた。歌いながら、それをゆるやかに揺るがすと、シャラン…シャランと、鈴のなるような音がした。たれか実際に、歌い手のひとりが、鈴をかくしもっていたのかもしれない。

わたしは、車座のなかにやはり入れてもらえなかったが、山人たちの目のとどく範囲にいるならば、いくら、すきかってなことをしても叱られなかった。土いじりをしたり、指で、土にまあるいお日さまやお月さまをかいてみたり、メヒシバで草人形をつくったり、かんざしにして髪にさしたりした。たった一冊しかない、古びてしみのついた絵本を、あかず眺めたりした。山人たちの童子のひとりは、小さな女童子のわたしを物蔭で抱きしめた。それはなにか物哀しい感情を、幼いものなりにかきたてられたりはしたけれど、つまりは自然な行為だった。

霧のこめる山林のなか、そんな、夢のような歳月を幾年すごしたことだろうか。ある、年越しもちかい日の夕方、忘れもしない疾風のように黒馬にのり、名のりもせずに、ひとりの若者が山人たちの宿にとびこんできた。そのとき、わたしはひとりぼっちでるす居をしていたのだけれど、その無言の若者は、うむをいわせずわたしを黒馬の背にのっけると、再び疾風のように山人の宿をとびだした、そう、疾風のように。「このうらぎり者！」と、すこし蒼鷹に似てこわい顔の若者は言った。そして、しこたまわたしを打った。それから、ニヤッと笑った。わたしは、事のあまりの意外さと、ふいに暴力をふるわれた腹いせに、終生、呪ってやろうかとおもった。「だれが、だれをうらぎったのすか？」と、ぼんやりききかえすと「ばか」としか答えず、わたしは絵本でみたカル大帝時代の山賊のなれの果てかもしれないとおもった。それで、口論するのはあきらめた。カル大帝時代の山賊のなれの果てではなかった、「その者」は。その若者は「さすらう者—蟬の羽—」という、長たらしい名の者だった。あまりの馬の走らせ方の巧みさからして、職業は博労《ばくろう》ではないかとおもわれた。たしかに、博労らしからぬ繊細な面だちをしてはいたが、博労らしくもあった。いい声で馬子唄を歌ってくれたのだから。その歌は、山人たちの歌に似かよう点もあったが、やはり違っていて、むしろ「生の歓び」をあらわす歌のようなものだった。わたしたちはやっと、丘の上にたつ、雨、雪につぶされかけた藁屋根の家についた。（それを家というならば…）

桐の木があり、湧き水の小さな川が家の前にあった。「あんだはおらどしか暮らせねんだすけ、わがったが」と「さすらう者—蟬の羽——」は、わたしの肩をきつく押さえて言った。森厳な顔をした山人たちや優しかった山人の童子のことを、瞬間おもいうかべたが、五つ六つのわたしになにができただろう。胸つかれるような星屑のよるのなかの出来事であった、すべては。

それから三十年はたち、三十年はたったのだ。山人たちの宿をおとずれることは再びなく、「さすらう者—蟬の羽——」とも、戦火のなかのうずまきのなかで離ればなれになってしまった。ある一時期、兄と妹のようにまたは兄と弟のように、「さすらう者—蟬の羽——」とわたしは、おだやかに、虫たちみたいに心充ちて暮らしていたのだったが。

さようなら「蟬の羽」。何処かで、かっこうの啼き声がする。淋しい晩げにわたしは取りかからなければ。野で、呼んでいる者たちのところにすぐりの順礼のようにあるいてゆかなければ…。

（『浦へ』一九九二年れんが書房新社刊）

詩集〈荒屋敷《あらやしき》〉から

青い薊や青紫色の薊の花むれや

青い薊や…
青紫色の薊の花むれや…
それほどにもなぜ
こんがらかってしまったのだろう
無しつけな童子の
無しつけなしぐさも泪も
わかるはずはないとお考えなのですか
浦への切りたつ坂道の途中には
黄色の二階建ての家があったでしょう
いつだって人かげはなくて
閉じられたままの楽器には
星屑の鎖がたれさがっていたでしょう
細長いガラスコップには
棉の小枝がさしてあり

あなたは何も語ろうとはしませんでした
荒布《あらめ》をひろげる女のように
わたしも黙っていました
（そういうこともあるのです）
船は出てゆくのです
雨雲のたちこめる
薄らさむい浦への道を
山フジの木の大枝のしたを
あなたは少しばかり左肩をさげて
足もとの黄褐色の小石をけとばし、けとばしして
灰緑色のズックのかばんには
お化けにしかわからないものや
スグリの実や橡《とち》の実を
どっさりとつめこんで
行方家《ゆくえ》の方へ帰ってゆくのですか
青い薊や…
青紫色の薊の花むれや…

十一月に菫色の葉が落ちてきて

十一月に
菫色の葉が落ちてきて
わたしは
山の杣道《そま》を
三つの風の通り道を歩いていた
沢山のことをわすれたかった
少しばかりのことだけ想いだしたかった
どうしてか見知っている
風の童子に
会いにゆこうとしているのかもしれなかった
（真鍮のフリュートを吹いている…）
えぞ松の木の枝という枝
葉という葉は段々に重なりそよぐ
《なんと…遠い…雲たちの話し声なこと…》
十一月に
菫色の葉が落ちてきて
わたしは

月の窪地を
三つの月の通り道を歩いていた
とてもはかない話のことを考えていた
青い翅を持った虫がいるとして
虫の生活よりもつらい生活のことを考えていた
霜の貯蔵庫はなかば毀《こぼ》れかけ
…………………………
あの方でさえ何もできはしなかった
わたしに何ができるというのだろう
月のなかの木々と
お話したほうがましかもしれなかった
十一月に
菫色の葉が落ちてきて
わたしは
滝…沢の辺りを歩いていた
魂《たまし》も凍みる滝…沢の辺り
囚われの《べっこう蜂》のブローチで止めた
カヤツリ草の肩かけをまとい
朝に夜に

くぐもり声で啼く
無しつけな鳥のことをわすれたかった
どうしてか見知っている
石切り場の童子に
会いにゆこうとしているのかもしれなかった
セピヤ色のヴェールのかかった石堂《いしどう》＊あたり…

＊石堂　青森県八戸市の郊外の地名です。

草地の宿泊人

月駅へゆくつもりだった
水の音と水のにおいがした
そうして古小烏町《ふるこがらすまち》という町にいた
アオサギやムラサキサギや
大鳥がそらをとんでいた
道をまちがえてしまった…
いつ、何処で
小鳥はどうしてとんでいないの
わたしは何もわからなかった
…………………………
（木を伐りなさい）と無しつけな人はいう
（あきらめなさい）と優しい人はいう
木は幾たびも醜く伐ったのだし
あきらめは
月の窪地のラムほどもあきらめたのではなかった？
さあ考えてもみよう
わたしは本当にあほうなのだろうか
わたしは本当にこわれかけた桶型の銀色の水ぐるまなの
　だろうか
ゆめうつつに夜明けに
とても美しい曲をきいた
「夏の歌」という
作曲者はわからない
そのことだけでいいのかもしれないとも想う
植物園のルリマツの下で
つめたい水をのんだのは真実で

古小烏町《ふるこがらすまち》という町で
ショウガ味のお酒をのんだのは真実で
それから…

……………………

なにごとも変わりはない
日々の生活は
青灰色の電信柱のさかさまに羅列するなかに
大鍋のなかに
暮れてゆく
わたしは本当にあほうなのだろうか
わたしは本当にこわれかけた桶型の銀色の水ぐるまなの
　だろうか
月のかけらや魂のかけらが
道端のハネウツボカヅラのはなむれに
ひっかかっているなあ
月駅へゆくつもりだった

雪雲色の鳩

雪雲色の鳩よ…

あれは、あの童子の馬の鞍《くら》

美しい赤い綴れ紐《ひも》

雪雲色の鳩はキレッ、キレッ、キレッと回る
雪雲色の鳩を真っ暗いひばの林にとばしてしまおう
そんなつもりじゃなかった…と荒く童子の赤茶けた髪を
　なぜたりもする
橋の下の小さい瀧水をみつめたりもする
想いだしてもみよう
雪雲色の鳩と
波また波をみつめてばかりで
十年余りを過ぎ越した
臨海公園近くの小さい家だった

雑草に埋もれた木の家だった
……………………………………
《ただ　怖いだけなんだ》
そう　ただあなたは怖いだけだった
米粒や乾しがれいやぼろぼろの裂き切れにくるまれて、
　ね
川辺りで採れた
鬼胡桃をぼんやりと手で握って、ね
わたしはわたしで青灰色の髪は茫々で
茨に囲われた耕地に
すげもなく吹きつける
雨雪、風に吹きまくられて
一月二月、三月と
熱病で息も絶えはてるかと

雪雲色の鳩はキレッ、キレッ、キレッと回る
雪雲色の鳩を真っ暗いひばの林にとばしてしまおう

水瓜畑を走ってゆく童子

水瓜畑を…
どこまでもどこまでも
童子が走ってゆく
あの童子はもう帰ってこないのかもしれない
銀の水玉が
二重になって三重になって
川に一めんに浮かんでいる
雨が降っているから
九月だ
《それほどにあなたのことをおもっているわけではない》
と、いう意味のことをあの童子はつぶやいた
《おらをころせばだめだよ》
ともつぶやいた
雨傘をひらきながらバスを降りながら
《どうして…
そんなわかりきったことを言うのだろう》
と、いぶかしく想う

刈り取られる水瓜の小玉であってもいいのかもしれない
または
行方《ゆくえ》家に集まってくる
齧歯類の小動物の一ぴきであってもいいのかもしれない
小梨の木の上で生活しているひとがいる
《泣くがごとく》
この次に会うときには
蔓のからまった水瓜の花と
つば広の麦藁帽子を持っていってやろう
金色のまるめ梨型の指輪は
道脇の
草に埋もれた
古い
馬の水のみ場に投げすてよう

《日ばかり、月ばかりというわけではない》
――もう一人のスカンポの栗原澪子さんに

(ああ　ネリネ
その葉のそよぎをとめられないの)
……………………………
スカンポもネリネも
祈りなしには生きていけない
なんという嵐の日々だろう
あやまられても今さらどうにもならないのです
さまざまの暗緑色の大枝は
ゆらぎにゆらぐ
雨の神は激しくいかり
矢や水を石畳にたたきつける
《日ばかり、月ばかりというわけではない》
あなたを誰も止められなかったのですか
霜の森でしかあなたは生きられなかったのですか
急な星草坂を登っていくまに
山そわで猟師には会わなかったのですか

《日ばかり、月ばかりというわけではない》
水晶とみまがう河水に
女のひとが沈んでいったというのはうそです
錫竹文様の着物なんて知らない
いったい、どうしたというのです
河の神は河の神で
わたしは妹で、あなたは姉で
そんなことはどうでもよいことでした
月の窪地で生まれ、育ったわたしたちでした
今ははるかに
わたしの方が年かさになってしまいました
荒れ果てた林や森…で
わたしたちは
虫や木の皮をついばむばかり　の
すくいようもないぼんやりした
木喰い鳥にみえるのではないかしら
……………………………………
（ああ　ネリネ
その葉のそよぎをとめられないの）

沖の子ども

——山本政一さんの作物、詩や絵や…の種《くさ》ぐさに

天使はおぐらい桐の木の下…
天使はおぐらい桐の木の下にたつ
耐えられぬ…
薄青い眼ざしをして
つばさをおとす
朝に沢に死す…夕べにはまなすの野に死す…無量の
草々と三十年の苦い草々を首かざりにして沖仲仕。
（微笑みなさい子どものよう…）叱られた子どもの
ように。毀《こぼ》たれた帆柱につかまって。ほんとうだろ
うか。里人はあのひとをはぐれ者というけれど。草
蔭のハープのよう、ヤナギ蘭につるされた順礼者の
よう百万遍も失望しなさい…失望しなさいびしょ娘
のぼろ机。風はあなたをいつわった？　風はあなた
をいつわりはしなかったけれども、あなたは蓮の国
の楽師とも巨きな錫の細工師とも知己だったけれど
も、いま、古里の鰊売りのかっちゃまや鷹待場の猟

人の話となると、うっすらと左肩をかしげる。唇かみしめる。たゆとう小舟か漁具小屋の藁袋のようだ。黒雲やヤナギ蘭の精がはくちょうをとりわすれたのか（黒雲やヤナギ蘭の精がはくちょうをとりわすれんことを）月の窪地で眠る…眠っているばかりの沖仲仕を。

リネン洗い店の風変わりな女

リネン洗い店の風変わりな女が
絹さやを買っていた
小さな竹籠に入れたままの
いつもいつも
青鷺のいる川辺の
ほのぐらい
廃屋のようなリネン洗い店で
アイロンをかけてばかりいるのに
ときどきは　午後おそくには
両手をうしろ手に組み
しだれたニセアカシアの木の下を
散策するだけなのに
サフラン色の穴のあいたズック靴の先をみつめ
（うつむいているの　涙をこぼしているの）
リネン洗い店の風変わりな女は
けっして行かないだろう
幾年も幾年も行かないだろう
潮が充ちてきても　潮が引いていっても
海辺には
湘南港桟橋には　海陸商会には行かないだろう
風のつよく吹き乱れる
いちめんにオジギ草が咲いている
草はらで
真っしろなサモエド犬のような魂を
抜きとられてしまったのだから
リネン洗い店の風変わりな女は
……………………………
息もつまるほど

草はらをさがしまわったのだけれど
だから
もはや問うてはいけません
(なぜ
夕方の斑ら雲ほどにも
青ざめているのですか)
とは…
(なぜ
松林の果ての蜃気楼ほどにも
青ざめているのですか)
とは…
リネン洗い店の風変わりな女は
いつもいつも
ふっさりした黒髪に
真珠のピンとしおたれた夏花を
ペカペカに飾りたてていた

粉雪の家族

I

まず、ひざまずけこの冬の一夜。風さえ吹きつけるよる。道連れも、コサギのように眠る子も、怯えにおびえたわたしのこころねは知らない。矢もて撃て古い古い子うさぎ。(パンを焼いておくれ、お茶を沸かしておくれ)という子。ゆきのしたの花の咲く家は消えてしまいました。なにひとつわたしのものはない。紅い西洋皿も銀色のお匙も、パンのかけらも胡桃のひとかけらも、時間…水銀のようにこぼれる時間さえわたしのものではないとするとあの幻の水晶小屋はわたしの行くべきところではないのかしら。月と星の運行は確かだ、とあのひとたちはしんじている。明日は粉雪の目ざめがあると…。たくさんの恥はしのぼう(それがどうしたというのか)。おもいもかけず、灰色のそらから粉雪のふってくるよう、いま、おもいもかけずわたしも語りださなければならないとしたら、他に策はないのではないかしら。…わたしたちは死を前にした巨きな一日にいるのではなかったか。感じすぎるのはとても悪いことよ。そう、たとえばあなた、または一散に逃亡する林檎林の自転車乗り。それしか生きるすべがないかのように。本当にそれしか生きるすべはなかったのですか…。

Ⅱ

《神は存在するものか…と想う》

岩山を走る風の音…きしるわだちの音がして、死んだ童子たちの行進。わだちをきしらせ、きしらせやってくる雪風の童子。灰を俥にのせ。ひどい黒雲、ひどい魂の嵐。十の地獄より切なく、十の地獄の街道をかけてきたあの売市《うるいち》*の農婦さえ、草の小径で小手をかざす。雪風の子はころされたのだとたれに語る。そう、だから、あの青ざめた子は幽霊の子なのだと。傲慢で美しい子ども（なんの理由があってさほどまでに）わたしがみえない？　いまはわたしが幽霊だ…つかのまに林の方へとんでいってしまい、粉雪ほどにちりぢりにとんでいってしまったならば、土に浸みこむ青い花としてもう還らないでほしい、どうぞ。

Ⅲ

嵐の空…
ねのみしなくのは
錫のむすめ　メヒシバのむすめ
ゆらめく木々
（異郷の童子はねむればいい）
六月のツメクサの野で
未来永劫たれをまっているの
カラスウリよりもかたくななむすめ
（どうしていままで生きてこられた？）
黒褐色の服を着た
黙りこくった銀山の銀かつぎ人
あいまいな墓掘り人夫たちのなかで

朝な夕な
わたしは大熊座の枯れ草を燃やす
しろたえぎくの枯れ花を燃やす
小さな掃除人
まったく掃除人夫なものだから
そんな空色の古びたセータなぞ着ていないで
さっさと消えてしまえ
と、ささやく
ささやくのはたれ?
あなたになんの権利があって?
水の上に打ちすてられた
しろたえぎくの葉、茎ほども権利なし。

Ⅳ

引込線をゆく青い電車はいつも無人で、セイタカアワダチ草はかすかに風に揺れ。ついに、わたしは青い髪の女乞食でしかなく、やなぎよもぎの村もあなたの魂の村も、眼をつむり通りすぎてしまおうか。シリウス星のかけらであったから、かけらとして生きてきて、そうして雪風あなたは青ざめているが、神の童子みたいなあなたは、そうして生きてきたのでしょう? 水晶の木靴をつっかけて、藁の衣だけ着て。しんじられぬほどの憎悪、憎悪と嫉妬の虹の橋を渡り。大嵐がやってくるよう、月と狂気の大嵐がやってくるよう、鳥たちは容赦もなくわたしの髪を波間にひきずりこむ。雪越え。赫やく月の工事場の道をゆく。本を焼きすて、中世の歌よりも美しい五線譜を焼きすてて。いったい、どうしたっていうの。遙かな薄青い霧の国へ還ってゆく。くちおしさ。なんたるいきどおろしさ。みぞれの山道で、多分、黒い馬をひく死の女とすれちがったのでしょう。死の女が、こんがらかった銀の束子《たわし》をあなたに投げつけたのでしょう、投げつけたのでしょう。引込線をゆく青い電車はいつも無人で、セイタカアワダチ草はかすかに風に揺れ…。

＊売市《うるいち》　青森県八戸市の郊外の地名です。

夏嵐

松の木が
空を流れてゆくように
あなたは
空を流れてゆくのか
(涙の雫をどうして繫《つな》ごう)
猫や鳥たち
きららな魂のひとたちは
夏ぞらをあおいで
あなたを見送っていた
薄い林の方ではかっこうが啼いていた
あれはいつの日のことだったか
青い屋根瓦に
たたきつけるような雨脚を
山際の病院のガラス窓から
ぼんやりとみつめていて
近い歳月に
あなたは去ってゆく…

と、わかったのは
雨雲におおわれた
薄墨色の山のむこう側へと
(それはそれでいい)
けれど、なんということだろう
去ってゆく日の二日前
ウスベニ葵の草束を持っていったりして
酸素マスクにおおわれた
ひとに、なんの意味もなかろうに
それなのにあなたは
ウスベニ葵の草束を
しっかりと右の手で握ってくれた
沈んだ緑の晩夏の
丘原にあなたを連れ出したかった
ほんとうに、連れ出したのかもしれなかった
(あなたの小脇で、二十分ほどもわたしは意識を失って
　いたのだから)
ぼうっと目ざめたときには
灰緑色の髪のかかった

大理石のようなあなたの右の頬には
枯草や泥やつぶれた木いちごの粒が
くっついていたのだから

荒屋敷《あらやしき》からやってきた

稲の花のむすめ…
サクラ林の女相続人でもあるかもしれぬあなた
何処であなたはかくれんぼをしているのですか
曲がりくねった草の道を歩きながら
うつむいて歩きながら
八つの灰緑色の風ぐるまを
朝な夕な私はみつめています
ユキノシタの花のぽしゃぽしゃと咲く
わたしたちの小暗い庭は
どうなってしまったのですか
道ゆく人はみな
変にそしらぬふりをして

ウサギ穴のなかへすとんと入ってゆきます
風の電線をつたっての便りは
ぴかぴかと切れ切れになってしまいました
今　わたしのまわりというまわりには
濃い藍色のガスがうずまいています
草地の宿泊人のように
なにもかもみえないのです
(鴨さんは鴨さんをすくわなければならないのですよ)
(わたしはじきにかき消えてしまうカヤ草のようなものです)
と、あなたはつぶやいておいでなのですか
《錫がなる日は
台所で
大地獄へ　おちる》
二十年を経て
やはりそうして
おちてゆく…というのですか
荒屋敷*からやってきた
わたしたちだった

粉雪の吹きつけるころ
いつか
滝沢村を過ぎて
渋民…沼宮内《ぬまくない》を過ぎて
長い長い橋を渡って
サクラ林のある
あなたの荒屋敷に
必ず逢いにまいります
胸もとには
銀色の小さなリュートをのせて
ウスベニ葵のはなびらの衣をまとって
ほんのちょっと
あなたはおねむになっているのですね
草地の宿泊人のように

＊荒屋敷　青森県八戸市の郊外の地名です。

メヒシバの葉のようなねむたさ

星の形をしたり…
　枯草の形をしたり…
奇体な形の縫い取りをした半コートをみつけた。梨色した半コートで。信じられないほどの低い値段で。なぜ、魅せられる？　遠い日のロビンソン・クルーソーでも着たらよかろうに。縫い取りのそれにしても多すぎること。銀の小鋏と針で、赤い縫い取りを少しずつ摘みとってゆくと、摘みとられた毛糸玉は燃えるような葉ゲイトウになってしまった。裏のレーベルにはペルー産と書いてあり。遥かな地のきよらかな娘が、きっと、葉ゲイトウのようなスカーフをかむり縫い取りしたのだろう。古い古い城塞には黒雲や茜雲が群らがって……

…………………………………………

《なにしているの？
《雪雲にむかって
《なにをあの童子は長いおはなししているの？

わたしは、月や星やなんだかわからないものの縫い取りを摘みとり、つみとりつづけてきた。梢のあいだで星々はしんとしているな。三日月はゆらゆら揺らいでいるな。小地獄《こじごく》といった人もいたな。メヒシバの葉のようなねむたさ。そう、魔のようなねむたさがおそってきた。わたしはメヒシバの葉のようにくたぶれた。…めざめることのもうありませんように。大雪でも降ってこないかぎりは。風変わりなあの童子が、藁灰色の屋根より降りてこないかぎりは。

売市《うるいち》の女

(無しつけな娘もいるものだから…

もう、いい
ざらめ雪や堅雪を投げつけるのは
もういいからやめにしましょう

泣きたい鳥なり
鳥なのだから
奇体なはなしもあるものだなし、
林子っこ、林子っこ
いだがべなし、
頬ば、ふぐれで
緑の髪ば、ばっさばっさ切られで
桐の花のようなひと
あなたの言ったとおりだ
時知らずの花の咲くくににいたならば
丘の上の小さな家にいたならば
啼かぬ蟬として
おとなしやかに生きられただろうに
さまよう魂…
天使の絵、はくちょうの絵を描く
ひとたちのことも知らず
心充ちて

林檎の林にいて
兄たちと愛しあって
…………………………
長夜
長啼き鳥
本当に
わたしはなにも知らなかった
鬼っ子、童子っこたちのくにへゆくことになるとは
草刈り鎌をふるう童子っこのくにへゆくことになるとは
日々
ガラス壜や缶カラや
ボロの入ったビニールの透きとおった大袋を
外へすてにいっていた
日々
パンや水菜や魳《かます》の干物を買いに
近場のスーパーへ出かけていた
荒れた海辺の
帆船置場の女管理人のような生活
…としても

それしか生活のしかたがないなら
そうするしかないでしょう？

（無しつけな娘もいるものだから…
もう、いい
スカンポの葉やスカンポの茎をかむのは
もういいからやめにしましょう
売市《うるいち》の女は紫の米つぶほどの涙を零すのです。

（『荒屋敷』一九九八年書肆ぷりゅにえ刊）

詩集〈風攫《かざさら》いと月〉全篇

地質学者＊N

その人は
（リャマは知らない
（アイベックスは知らない
と、言ったのだった
地質学者＊Nは
十三世紀の失地王ジョンではなし…
なによりも
荒れ地のストーンヘンジが好きなのだから
（みぞれの声のする女はこごえそうになる）
口かずは
すくないお方だし
鏃のかけらほどは、かけらほどにも
女のひとのことを
考えたりするものかしら

…わからない
女のひとの痛むなずき＊のことを
考えたりするものかしら
…わからない
なによりも
荒れ地のストーンヘンジが好きなのだから
芦名　の
ヨット置場の管理人が
憂いげに
暗い海辺の道をあるいていて
わたしと出会っても
けっして口をきかないのは
なぜか、わからないように
地質学者＊Nは
緑の玻璃の目で砂地をじっとみつめている
みぞれの声のする女は
（青鷺を知らない
（五位鷺を知らない
折れそうなほどに夏の木の枝が垂れている

もう、すぐによるになるからと
その人は
青紫色の湿地のほうへ去っていった

＊なずき　額のこと。南部方言。

丘の桜の木——詩人北原まことさん別の名川野春昭さんに

遠くで…
童子《わらし》がさけんでいる
神に　廻りあえたのなら
いいのだけれど
…………………
十三年間
洗濯をしながら
考えても考えてもわからなかったことが
巨きな灰色の紙ぶくろに入れられた
七、八頁の小冊子を手にとり
読むともなく頁を繰っていくと
数学の問題を解くようにわかってしまう
わかってしまう
(青鷺のくる日はおもいだす)
「水道ニュース」を読んでばかりいた
半分ザシキワラシの姿をして
もや色の部屋を漂い
ただよっていた
草つるのスカーフをかむる
かむったところで
あの方の
九九遍の
なずきのいたみが消えうせるものだろうか
遠くで…
童子がさけんでいる
神に　廻りあえたのなら
いいのだけれど
…………………
薄緑にかすむ

山合いのから松林を
うつむきながら歩いてゆくと
しんとした
丘みちに出た
そして山番のよう
花咲いている桜の木があった

悪い男とすず鴨《がも》

とても落ちつかないよる…
雨、風が
窓ガラスや夏のなごりの葭簀《よしず》に
激しく吹きつけるよる
行き場はなくて
羽のつけ根をいためてしまった
…天使が
セロほどの巨きなブリキのバケツを
中空で

ぶちまけてしまっているのだろう
または
林檎林のぬすびととその妻が
もはや、いっしょに死んでしまおうと
滝のように涙をこぼしているのだろう

とても落ちつかないよる…
落ちつかない童子は
真珠屋の犬のことや
「悪い男とすず鴨」のことを
いつまでもいつまでも語りつづける
(悪い男なんているものだろうか)
穂原のむこうにいるものだろうか
………………………

とても落ちつかないよる…
澄んだ水のしみでる木　や

川の住人の青鷺は
しんとしてだまる
だまって　雨、風をやりすごす
アルミサッシの扉―
共有廊下に面した戸のそとで
ガタンガタンと音をたてるのはだれですか?
しだれ桃の木の下の坂道こそ
わが魂の牢獄　とつぶやくのはだれですか?

獺《カワウソ》　川をわたって

ナッソーの果てまで
行ったのなら
ナッソーの水道塔に登りたかった
南の海、北の海…

そっとしておいてください

指がはれてしまっているから
オレンジの皮をむけないほどに。水道の蛇口をしめられないほどに。家じゅうが水びたしになったらどうしよう。霜のスカーフをかむった女も、みぞれの声をした男も、だまって、绷帯をしたわたしの指をみつめているばかり。家じゅうが水びたしになったらどうしよう。

*

不思議な真珠屋のまえを通り(一度もお客の姿をみたことがない)、不思議なサモエド犬協会のまえを通り(一度もサモエド犬をみたことがない)、水の澄んだ獺《カワウソ》川をわたりわたしは妹のみまいに病院へ急いでいた。川の辺りで蛇苺をみつけ、右手で摘んだ瞬間、きりきりと痛かった。(わたしはもうだめかもしれない)と妹はつぶやいた。不思議な真珠屋や不思議なサモエド犬協会の話をして、背中をなぜて、水の澄んだ獺川をわたってわたしは家に帰ってきた。よるはすぐにやって来、指は葡萄酒色にはれてしまい—

＊

（明日、おゆびを切られるのは…）と、ひそひそと獺川の小さな生き物たちが語りあっている。サモエド犬（北方サモエド族の犬）のことを考えよう。わたしはけっしてサモエド犬を飼わないだろうに。働きもせず、オルガンを弾いてばかりいる美しい手の童子のことを考えよう。いったいどうやって生きてゆくというのだろう。玉ねぎ二個では生きてゆけないのに。（明日、おゆびを切られるのは…）と、ひそひそと獺川の小さな生き物たちが語りあっている。

ナッソーの果てまで
行ったのなら
ナッソーの水道塔に登りたかった
南の海、北の海…

雪森の生活

曲がり松の木か
すぐりの木のもとで
（雪森の穴での生活）ということもあるでしょう
物知らずのアマリリス…
物知らずのアマリリスを苦しめるのはなに　たれ
兄、妹、は仲よしだったのです
鷗天使は川面をとびかっています

祈る日もあるのです
それだけで
日は金色に薄青色に落ちてゆきます
けれども
未だわたしは緑の縞のはいった林檎の実なのです
怒りもせず…叱りもせず…泣きもせず…
いつまで
ひとや小動物らといっしょに

松の実や稗の実のはいった食物を
おいしい、おいしいと言って食べられるのでしょう
いつまで
うそつききつつきの
キンキンと語るつくり話にうなずいて
うなずきつづけて
荒れ果てた家の脇道を
藁の長ぐつで歩いてゆけばいいのでしょう
うそつききつつきは
わたしの末の妹だと言いはるのですから
（あんだだがらおしえるのだすけ）
……………………………
山山羊のように　山兎のように
生を終えられたら
いいのだとはわかっているけれども
ボロ織り裂き織りの着物をきた
睡る童子が
おぼろな月の辺りに
流されるようよこたわっています

曲がり松の木か
すぐりの木のもとで
（雪森の穴での生活）ということもあるでしょう
物知らずのアマリリス…
物知らずのアマリリスを苦しめるのはなに　たれ
兄、妹、は仲よしだったのです
鷗天使は川面をとびかっています

堤の端で、月の端で

月の端の
小屋の明かりがあなたをてらします
（だから　帽子をかぶっているのですね）
リネンの麦藁色の帽子を
その下の白いスカーフの端には
青と橡色《とちいろ》の小花の花束を結びつけている

屋根の瓦も
墓地のあたりの生いしげったハネウツボカズラも
あなたのために祈るのです
…………………………
堤の端の
小さな生き物たちは息をつめてつぶやきます
《もう、どうにもならないの?
《二月の森の方へいってしまって
《元之輔《もとノすけ》おじさんなら助けてくれるかもしれないよ
《山か森の番人にでもなろうというのかな

よるべなさ…
これは些細なことなのだろうか
リネンの麦藁色の帽子ほどにも
たれよりも　あなたは
鷗か
鷗の真珠の浮き巣のよう
やすらぎを求めていた

「熊打ちの男に似た男が、石切り場のあたりをうろうろしているでしょう……。錫色の鉄砲に錫色の鉈《なた》をもち。だから、早く帽子屋敷のまっくらい台どこにお帰りなさい。糠塚の緬羊場《めんようじょう》と杉林を通って。そしてそこで、くしゃくしゃにまるまったアッシリアの古地図をひろげ…しんとしてごらんなさい。」

水晶小屋、枯草小屋——夏——

水晶小屋、枯草小屋
…夏
七月のよる
サルキー*をつれた女のひとが
長いスカートをはいて
(青灰いろの)
山崎跨線橋を

うつむきながら渡ってゆく

風ぐるまは四つもまわっている
鷗のかたちして
藺草屋《イグサヤ》からの手紙を読み
わたしは途方にくれている
　下草ヲ刈テクダサイ
　雨戸ヲ直シテクダサイ
　夕顔ガ咲イテイルウチニ
　水道修理ノ日ドリヲ
　教エテクダサイ
藺草屋にはおわびの手紙をだそう
夕顔の咲いているうちに
…と、ぼんやりおもっていたとき
月のかけらが落ちたか
夏の夜の雲が破けたような
きらめきがした
うっそうとした隣家の庭の
吊るされたお化けかぼちゃよりも
巨きな忘れごとをしていたことに
…わたしはきづいてしまう
《それが死にあんした》と、キヨさんは
新緑のなかの鳥のような声で
言ったのだった
(回復期なぞあるものだろうか?)
ぼしゃぼしゃしためぐさい髪のままで
片手でいたんだ臓腑をおさえて
枯草の門をくぐるばかりだった
青鷺は旅たつ
なにもかもまにあわないかもしれなかった

…………………………………………

サルキーをつれた女のひとが
長いスカートをはいて
(青灰いろの)
山崎跨線橋を

うつむきながら渡ってゆく
七月のよる
…夏
水晶小屋、枯草小屋。

＊サルキー　大型のうつくしい洋犬。

沼の方の音道《おとみち》から聞こえてくる

どうしてしんじられよう
幽霊がいる、という童子を
沼の方の音道《おとみち》から聞こえてくる
りんりんという物おとを
あれは霜の森のざわめき
またはうそつき鳥きつつきの啼き声
帆座、艫座《ともざ》をみつめながら想いだす
天使の彫像のある中庭
三方は緑の高い壁で
一方だけが巨きなガラス扉で
わたしはそのガラス扉をあけて
苔のにおいのする中庭におりたのだった
よどんだ池水に手をひたした
こんな山なかに
どうして
これほどに美しい建造物があるのか
いぶかしかった
二階の廊下も床も木材で
木枠のある古風な
夏の窓を
すこし首をかしげてのぞきこむと
子どものころの
わたしの家の夏の庭がみえた
光りといっぱいの草の花と
つき山とほのぐらい楓《かえで》の木の茂みと
死んだ弟がよく本を読んでいた小廊下と…
ふしぎさにもっとみたくて
再び頭を巡らすと

透きとおった夏の窓は
あっさりと消えてしまい
わたしは厚い雨雲に包まれてしまった
…………………………………………………

どうして忘れられよう
エゾ松林の生き物とばかり話している童子を
沼の方の音道から聞こえてくる
りんりんという物おとを
あれは霜の森のざわめき
またはぶっぽうそうのうそつきの啼き声

風攫《かぜさら》いと月

I

いたみは草の茎でしばれ。あなたこそだれだ……。
（草をおくれ。裸足の泥まみれのみしらぬ少年。月と星の縫い取りをした美しい着物をきた女乞食であるのか。竪琴ひきのデリラであるのか。朝の食物、夕べの食物であるのか。林に住む。いったい、なぜ、消炭色の林に住む。稲を刈るために、他者を、ことに兄弟を殺していいか。なぜ、さほどにもとらわれる？　馬を、雪馬を突きくずしただけではないか？　どうして奇跡がおきよう、いつまでもいつまでもせきする者。薄暗がりにうつぶす草穂の精。青空のもとの金のオリーブの実ではけっしてなく、たれの書物にも書かれぬ沈黙する童子。
それとも
あれは
祝福された
もしかして祝福されたカイだったのか
ほんの小一時間だけ
黒雲のなかから
大昔…
白亜紀であってもいい
救おうとしてではなく

あなたは
カイは
還ってきてくれたのだったか

Ⅱ

彼のひとの魂は鎮《しず》まるものかしら…
物想う粉雪女《こなゆきめ》に似るものかしら…
蟲たち、野づらの枯れくささえ
わたしさえ
あなたのことをいとおしむのです
河水のなかの
ゆきかう雲をみつめていると
荒れ果てた家や
荒れ果てた庭が
みえてきます
かぼそい脚の
ルリボシヤンマのような童子たちがとびはね
とびはねる姿がみえてきます
わたしも降りてゆきましょう

灰緑色のつるのからまり
からまる舟置場の方へ
日はまわりつつ
水平線に落ちてゆく
彼のひとの魂は鎮まるものかしら…
物想う粉雪女に似るものかしら…

Ⅲ

水杉の王にもオデンセの王にも会えず。雨季のくるまえには、怖《おそ》ろしい劇のくるまえにはルリビタキの遠いさえずりをきく。十の市の村の橋ほどにも死者に間近く、どれほどにか日月の坂を越してきて。わたしは野ウサギを射とめることばかりに時をつかうあの少年ほどにも未熟な者であるのだろうか。

第一の罪を糊塗するために、次つぎと罪をかさねたのだろうか。青鷺《サギ》のように眼をつぶろうとしたのだろうか。

考えてもみよう。蕗の葉よりも醜かったのが美しかったのが、あれの罪だったか。カワウソの毛ほどもはにかんだのがあれの罪だったか。

幾たびかわたしはあれを殺そうとした。人に似た、みずからひとりでは生きられない青い沼沢地の小動物よりしんじやすい童子。

風攫いと月。この世界のなかで、あなたに最もよく似た女がわたしです。四人の死者に囲まれ、四人の狂者に囲まれ、四本の短剣をつきさされて、たしかにそうして三十年を過ごしてきました。

しんじようとしんじまいと、それがあなたの姉妹です。(つらいことばかりの日々だ)なんて言わないで。古びた漆黒の階段があって、ありました。灰色馬のひづめの音がしてきて…。ああ、なんてうそつきの粉雪女《こなゆきめ》なのだろう。

Ⅳ

帆の破れた船が
夕闇のなかをさまよっている
七十年の日や月は過ぎていったのに
沢里の裏山の瑠璃山鳥はまだ翔んでいるのだろうか

(もう、いい?)
と、あの子に問うてはいけないのです

埃りだらけの家具は雑然と置かれっぱなしで
片はつけられる?　つけられない?
けれども今は

しばし眼をつぶらせてください
月明かりの　台所の
古びた巨きな水甕《みずがめ》と
語らいをさせてください
あの人は粉雪の愚者だったのか
独りごとを言ったりして
寒いからといって　暑いからといって
（神さま　泣いてもいいですか）
と、言ったりして
おとなしやかだった
漁網商の娘のことでもなし
屋根の上でしゃがみこむ
風変わりな下駄屋の女主人でもなし
花むれのようにふるえている
小さな他者をみつめるということは
なんとぎあない*ことだろう

……わたしはニセアカシヤ林を流れる霧と化そうか
とも想い
……人ごろしの黒松と化そうかとも想い

V

フランドル風の
白いスカーフをした女たちから
わたしは愛されてはいなかったとわかる

風攫《かぜさら》いにさらわれていた
月にさらわれていた

今は
泥向日葵《どろひまわり》は　塵、芥、霞用の階段をおりてゆくしかない
泥向日葵は　塵、芥、霞用の階段をおりてゆきなさい
十月そして十一月…
世界中のたれよりも愚かなわたしだ《わたし達だ》
時知らずの花に囲まれた

果てしもなく遠い小屋…
二本の草刈り鎌を手に持った
野菜づくりの農婦に聞きたい
まだ、わたしは許されてはいけないのですか

＊ぎあない　青森県南部地方で、切ない、つらいの意。

松と杉といちじくのシャーベットが食べたかった

Ⅰ

松と杉といちじくのシャーベットが食べたかった

今年のスカンポ月は本当に長い…

緑の石鹼がどんどん小さくなってゆく

わたしの生きてゆく日も月も
緑の石鹼のようにはかないことを知る

ある夜の明けるとき美しい夢をみた
そのことだけでも
神さまに感謝しよう

自転車乗りの女のひとが、長い髪をなびかせて　川縁を
ゆく
川水は、こまやかな朝の光で、金色の波に輝いている

Ⅱ

ガラス扉を押しあけて
熊が、白熊が
病室にやってきたのだった（北方の新聞記事でみたよう
な気がする）
わたしのいる病室までやってきてくれたならば

どんなにかよかっただろうに
病室は八人部屋だから、白熊はしんそこ入院はしないだ
　ろうけれど
川縁に濃い霧がたちこめた夕ぐれ、みしらぬ大猫が家に
　入ってきたこともあった
おびえきった眼のハクビシンにも会った

　Ⅲ

穂原のなかの一軒家をさしてゆく
そこしか歩むところがないでしょう?

今年のスカンポ月は本当に長い…

松と杉といちじくのシャーベットが食べたかった

夏草に蓋われた引込線：夕星《ゆうずつ》——T・Mに

遠くで　涙をふきこぼしている男がいる

モンドリアン風の若木のナースがやってきて言った
(九時、たった今、お兄様がお亡くなりになりました。
椅子におすわりのままで、お美しいお顔で…)

鎌倉の山里の湘南鎌倉病院に
わたしは一カ月以上も入院していた
二度もオペをしていた
夏草に蓋われた引込線：夕星をたどり、たどり歩いてい
　たとき

わたしは無心でつま先をみつめ、みつめていたけれど
義兄がわたしよりも先に
不意に、純白の綿の木になってしまうとは想いもしなかった
…野蜜のように声のうつくしい人だった

み寺の鐘が物うげに流れてゆく
ここは鎌倉の山里の病院のはずなのに
真実は、中国の南の方の美しい黄と緑の大河の辺《ほと》りのような気もする
狂おしいほど透きとおった水が流れてゆく
真実、天井は、中国風の石組みで、青い仔龍のもようがついている
外には若葉のうつくしい樹々がちらついている、ちらついている
部屋には、ふっと鳥影がうつったりする
同室の入院患者の人びとは、信じられないほどおだやかな表情をしている
隣のベッドの老夫婦はおとなしい声で
(もう、家に帰ろうよ)と、言いあっている
帰れる家のある夫婦は幸せだ
それにしても、この点滴の痛みはどうしたものか
ナース・コールは通じないし　ナース・コールは通じないし

夏草に蓋われた引込線…夕星をたどり、たどりしたとき
わたしは真実幸せに充ちたりていたか…
微かなかすかな不安におびえていたか…

遠くで　涙をふきこぼしている男がいる

八月

ガッシュ博士が
川のなかを
斜めになって流れてゆく
ずいぶん哀しそうな顔をしている
わたしの高熱のせいなのだとわかる

「真珠屋」の小犬に会いに行きたかった
いつも、黒いビロードの椅子に座っていた
ショウウインドウに顔を近づけては、真珠でできている
　のか確かめた

八月の濃い緑の草にすわって
川岸で
藁の編笠をかぶり
白い脚半の若い修行僧がうつむいて
つましい食事をとっている

（『風攫いと月』二〇〇五年書肆山田刊）

＊作品中、今日では差別表現とされる用語が使用されている詩もありますが、内容からそうした意図をもって書かれたものでないと判断し、出典のままとしました。

散文

詩集あとがき

『優しい大工』

わたしたちのひとしく生を受けているこの時代に、もしもわたし自身の感受していることを完璧に表現しおおす詩、詩人をもつことができるなら、怠惰なわたしはけっして自分で詩を書こうとはしないでしょう。ほんとうに、わたしはそのような詩また詩集をもったと思えたとき、二七歳のころ詩を書くのをしぜんにやめました。しかし日々の営みのなかで、わたしはわたしでしかないというおそろしく単純なことに、再び気づかなければなりませんでした。そしてまたぼそぼそと、詩を書きだしました。

この詩集は、一九五八年より一九六九年までのわたしの作品のほぼ全体であり、制作年順に配列しています。「狂詩・M嬢」「二つの詩」「金婚式」は未発表ですが、他は「河」「詩組織」「P」等の同人誌に発表したものです。

なにもかもかんまんなわたしの、これが第一詩集となります。

（1969.3）

『月の車』

わたしは詩を書いていいのだろうか？　という、果てしなく愚かしい問いにとらえられてから、何年経ったことでしょう。いま、わたしはその無意味な年年を経てきた故に詩を書くことを許されるかもしれない、というたえだえな結論に達しています。…もしも、未だおまえは詩を書くな、という者がいるならわたしはその何者かに嘆願したい、ただ一つの希みであるからたちきらないでほしい、と。

それにしても、なぜ、こんなにも不毛な問いにわたしはみずからとりつかれねばならなかったのでしょうか、ならないのでしょうか。この詩集は第二詩集にあたり、作品の大半は一九六九年より一九七一年にかけて書きました。「さすらう」「二つの家」は、それ以前に書きました。

（1971.9.14）

『少年伝令』

この詩集は、私の三冊目の詩集であります。作品を書いたのは、一九七二年から一九八二年にかけてで、ほぼ十年間の制作ということになります。長年手入れのされていない庭のように、長短さまざまの詩の木、詩の草を生いしげるがままにしておいたら、茫々と、こんな勝手気ままな有様となり、私自身の手にあまるようになりました。それで、なんとか第三詩集としてまとめておくことにしました。第二詩集を出版したのは、ついこの間のこととおもっていましたが、十年余りの月日が経っていたことを知り、驚き、胸が傷みました。

雑多な作品を、一冊の書物に作り変えて下さいました鈴木誠氏、宮園洋氏に、心から御礼を申しあげます。

（1982.9.3）

『艀』

初雪の降ったある朝に、畑のつみ藁に雪が降りかかっているのを私は電車の窓から見ていて、不意に、ここ五、六年の間に書き散らしてきた詩の断片をまとめておきたいと思いたちました。

それが、どんなに貧しくわびしいものであるか、私自身よく知ってはおりますがその気持ちは奇妙につよくて「…考えてもその理由が分からないとしたら、麦畑でも見にゆくしか、他に何ができるというのだ…」と、フィンセント・ファン・ゴッホというオランダの画家も書いているのだからと初雪のせいもあって、おもいきってまとめてしまうことにしました。

この詩集は私の第四詩集となります。個人的なことですが、この五、六年の間に、実の母と六歳まで私を育ててくれた乳母と、二人の大切な人を亡くしました。（…いったい、あなたたちは何処へ行ってしまったのか。空へか　雲へか）と、ぶつぶつ言いながら、乱雑なこれらの詩集の下書きのノートを私は閉じるばかりです。

…と、ここまで書いたとき、唐突に私は師、菅原克己氏の訃報に接しました。その驚きと喪失感はいやしがたく、一編の詩を書いて、師の御魂にささげることしか私のできることはなにもありませんでした。

造本、装釘その他、一切をしてくださいました宮園洋氏、れんが書房新社の鈴木誠氏には、心より御礼申しあげます。

（1988.4.1）

『浦へ』

ためらいつつ、これら貧しい詩作品の二二編を、私は差しだします。これらは、私の日々のなぐり書きまたはメモのようなもの、かもしれないと思ったりもします。事実は、創ったものですから、そうであるわけはないはずですのに。この時期（一九八七年〜一九九一年、作品によってはもっとずっと以前よりのものもあります）、なにかうらさびしいこころの旅を、私はしてきたようです。詩作の時間も、あまり残されてはいないと思われたりしました。曲がりくねった草の道をあゆむようにして、どうにか、私の五冊めの詩集を創ることができました。多くの知友の方々に支えられてきて、その方々には、深く頭をたれましょう。また、具体的に、煩雑きわまりない出版の仕事をすすめてくださいました宮園洋氏、鈴木誠氏に、こころより御礼申します。

（1992.2.17）

『荒屋敷』

夕ぐれもふかまった、雨もよいのある日のことでした。偶然にも同じバスに乗りあわせ、同じ停留所で降りたったひとりの少女が、横断歩道を渡りきる瞬間にふいに夕闇のなかから突進してきた四輪駆動車に轢かれるのを、私は目撃してしまいました。

その一瞬、危いっ！　と、私は叫びました。けれども少女は巨きな弧を描いて宙にとびあがり、次の瞬間には頭から血を流し、つめたい路上に横たわっていました。《なぜ、わたしでなくて、あなたが…》という詩の一節が私の頭のすみをよぎりました。

…時はない、ともおもいました。

＊

詩集に「完成」ということを求めるのは不可能とはおもいます。それにしても、この私の第六詩集は、欠けるところが多いのではないかと不安にかられ、もう少し時間をかけて…と、幾たびも考えました。

その一方で、心の遠いどこかからは《この期を逸して、いつ、貴方はその乏しい作品をまとめるというのか？》という不思議な声も聞こえてきました。
そんな折りに、同郷の友人、及川明雄氏に再会できたことは喜ばしいことでした。

＊

作品は、一九九三年から一九九七年にかけてのものです。「粉雪の家族」だけは、もっと以前より書きかけていました。
詩作にあたり、長い年月、無能無才の私を支えてくださいました「P」の友人たちをはじめ多くの方々に感謝いたします。また、煩雑な編集作業にたずさわってくださった及川明雄氏、美しい装幀の作者多田進氏、挿画を描いてくださった佐藤国男氏、アダックの花岡健治氏には心より御礼を申しあげるばかりでございます。

（1997.11.11）

『風攫《かぜさら》いと月』

はじめて詩集を出した時は、この一冊で、充分楽しく満足でした。けれども、そののち、三冊の詩集が必要であると思うようになりました。現実生活において、実に不器用な私には、詩を書くほかに已をしめす手段がなく、そのうち、どうしても六冊の本で、あるなにものか（とんでもないことに）精神的建築物のようなものを（トランプか積木でつくったものでもいいから）、と考えるようになりました。そして、なんとか六冊の詩集を書きおえはしました。しかし、心になにか不全感がのこり（…そうだ。二十年前から書きかけ、未だ完成していない作品「風攫《かぜさら》いと月」を完成しなければ）と思いました。一九三五年一月一日に、私は青森県八戸市八日町二十六番地で青果物卸商を営む福井常治、ヨ子の八人兄弟（姉妹）の五女として生まれましたが、生後七日で、郊外の当時は寒村だった十日市村の大工、林家、チヨ女を乳母として小学校に入学するまで育てられました（他の兄弟・姉妹たちも、それぞれ別の家、乳母の元で育てられましたが、三歳ぐらいで生家にもどされました）。この二つの家を往還するとき、幼児の私は、三歳ごろに、この世界の存在のなんともいえない淋しさに気づいたのでした。大人と子どもの感受性は、変わりがないのです。のちに、これほども長く詩を書いてきたのは、その存在の淋しさをうずめるためであったのかと思いをめぐらしたりします。

このたび、第七詩集として『風攫《かぜさら》いと月』をつくることができました。編集、装幀、造本その他にかかわってくださった方々に深く感謝いたします。また、いつも私を支えてくださった「サークルＰ」の仲間たち、そして、その他の真摯な詩友たちにも、心より御礼を申しあげます。

（2005.8.4）

童話〈もどりみち〉

I

いつまでまっても、そのひとはきませんでした。

——さ、そろそろかえるべなす　と、ガッカはいいました。

ガッカとは、カホの乳母《うば》のことです。

お乳をくれたり、ちいさい子のめんどうをみてかあさんのかわりをしてくれるひとを、乳母というのです。

（ほんとに、こごさ、いつまでもいられねなあ）と、五つのカホはおもいます。

どこへ、かえるというのでしょう。

そこは、東北の海ぞいのちいさい町の、目ぬき通りにたっているカホのうまれた家でした。洞《どう》くつのように、天じょうががらんとしてたかく、たてに細く長い長い家でした。

そこらじゅうに、果物の、あまいすんだかおりがただよっています。カホの家は、りんごやみかんやバナナなどの果物をあきなう青果物問屋《せいかぶつとんや》なのでした。

停車場から、みかんの木ばこを山づみにしてはこんできた荷馬車が、店のまえのみちに、二だいも三だいもつづいてならんでいます。（二日町《ふつかまち》のこごの家は、なにして、こったにひとぁいるのがな）と、五つになったばかりのカホは、茶がかってぽさぽさしたおかっぱ髪をゆらせ、はればったそうな目をみひらき、おどろいたり、あきれたりしていました。

カホは、いつもは、この町の家からそうとうにはなれた、十《とお》の市村《いちむら》のガッカのちいさい家でくらしているのです。

かあさんはしごとでいそがしく、それにからだもよわくてお乳がよくでなかったので、カホはうまれて一週かんめから、村のガッカのところでそだてられていました。そうして、年にいくどか、ガッカといっしょに、二日町《ふつかまち》の家をたずねるのがきまりでした。

かあさんをみるたび、いつもカホは、とおい、霧《きり》のたちこめた林のむこうでわらっている、とおもいました。こえは、なんにもきこえてきません。

かあさんは、一どもカホをしかりません。

ああしたら、こうしたらと、ちゅういすることもありません。そんなことをしたら、ガッカにわるいとおもっていたのかもしれません。

カホには、どんなに口かずのすくないガッカでも、そのおもっていることやいいたいことは、すぐにわかりました。

それは、橋のしたのタケオさの家のこととか、川べりのネコヤナギの木とか、雨の朝のキビばたけのこととかでした。

けれども、かあさんのはなしやこえは、風が木の枝のあいまをすぎるように、カホのかみのあいまを通りすぎてしまいました。

かあさんは、ほんとうに、お店のようじでいそがしいのです。それで、カホたちのまつ、黒いえんがわのあるおくまった部屋へは、なかなかにきませんでした。その部屋は、ひるまでもほのぐらく、明かりがついていました。

木の汽車、じどう車、セルロイドのにんぎょうなどのおもちゃがいっぱいつめこまれたおもちゃだんすが、部屋のすみにおいてありました。カホは、なんだか、それであそびたいとはおもいません。

　そうっと、みつめてばかりいました。


――さ、ほんとに、もうおいどますべ　と、やわらかくわらい、ガッカはまたいいました。

　しもやけで赤くふくれているカホのゆびを、あいずのように、こたつのなかでちょっとにぎりました。

――うん、かえる　とカホはもぞもぞと、大きなほりごたつからたちあがります。町へくる日は、カホは、黄いろいツバキのちった、青いよそゆき着をきました。

　ここ、海ぞいの北の町では、十月にもなるとこたつをします。

（なんで、ここの家さ、くるのだべ）と、まあるいたもとのきものをきせられるたび、カホは、ふしぎな気になりました。とうさんやかあさんにあうのだといっても、あんまり、はなしもできないのです。

　それに、はなしをするといっても、カホは、かあさんとどんなことをはなしたらいいのか、まるでわかりませんでした。

――そやしたら、まだ、きなせ　と、とても明かるい金か銀の鈴のようなこえで、おくりだされるほうが、まだしも、ほっとしたきもちになれました。

――カホちゃは、十の市の村がそったにすきになったが。そやしたら、二日町さば、もうかえってこねのが
と、もしも、わらいながらかあさんにきかれたら、なんとこたえたらいいでしょう。

――小学校さはいるときに、くるすけ
と、かあさんのおもっているようカホがこたえたら、ガッカは、口にださなくても、かなしい気がするでしょう。

ガッカは、カホを十の市村の小学にいれ、小学生になってもいまのまま、村の家でそだてたいとてもねがっていました。

けれど、そんなむつかしいことは、かあさんはききませんでした。

　カホは、あたまのすみっこでぼんやり、（なにして二

日町のかあさんのこえは、あったにすずしがべ…）と、また、おもったりします。ガッカは、いつも、町の家でもカホのちかくにそっと、いてくれました。

それでも、まだ、あまり口をきいたことのないねえさんたちや、店のおとなのひとたちに、町のことばではなされると、カホは、むねがどきどきしました。カホには、三人の、きりょうよしのねえさんがいました。

――そやしたら、カホちゃは、いつから町の学校さくるのすかと、一ばん年かさの、セーラふくをきて、えんじのネクタイをふんわりとしめているサチねえさんに、たずねられ、

――うーん、あのなさ、おら…

と、カホは町ふうにこたえたく、あれこれいいかたをかんがえます。

すると、いつまでもカホが口ごもっているので、気のみじかいサチねえさんはあきれて、

――あれまあ、カホちゃたら鳥っこになったべが。なあんにも、はなしができね

というと、手にもっていた赤いてぶくろをぽんとカホのひざになげ、ぱたぱたと二階のほうへいってしまいました。

カホは、サチねえさんの白いくつしたをちょっとみ、しかたなくうつむきました。

二日町の家は、大人数《にんずう》でした。

晩ごはんのころになると、おとなの女のひとたちが、とてもいそがしそうに立ちばたらきをはじめます。

それで、ますますガッカとカホは、十の市村の丘の家に、はやくかえっていきたいとおもうのでした。

かあさんは、すこし光る、茶いろと黒のひしがたもようのきものをきていました。

いつでも、店の帳場《ちょうば》に、きちんとすわっていました。

そうして、すこしばかりガッカと小ごえではなしをしてから、緑のからくさのふろしきづつみをわたしていました。

カホのほうにむかっては、ガラス戸ごしにふしぎなくらいうつくしい笑がおをみせ、すこし身をのりだしてうなずくようにしました。

回てんいすにすわって、いつも、何しゅるいもの新聞をていねいによんでいる、とうさんのすがたはみえません。

カホは、とうさんのすがたをみると、なんだかふかい森のなかにはいったような、なごやかな気ぶんになりました。

そうして、二日町の店の、すきとおったガラス扉《とびら》のそとへでると、きまってカホは、雷をはらんだあつい黒雲のそとへでたような、さっぱりしたきもちになるのです。

赤がね色のずっしりした大きなはかり、中くらいのはかりやちいさな天秤《てんびん》ばかり。それに、かんばしくいられて山とつまれた南京豆《なんきんまめ》を、カホは、みしらぬ野原にはいりこんだうさぎのように、しげしげとみつめます。

その物らは、カホには（おらさ、さわってもいいよ）といっているようでもあれば、（おらさ、さわってはだめだよ）と、いっているようでもありました。

小学校の上級生になった、上から二ばんめのアサねえさんや、すぐ上のハルねえさんは、裏の小屋に山づみされている南京豆の布ぶくろによじのぼったり、すべりだいごっこをしてあそんでいます。

アサねえさんもハルねえさんも、いもうとのカホに、（いっしょに、あそばねが？）と声をかけたいのを、なんとなくためらっていました。

ちいさい鐘《かね》のようにつやつやした天秤ばかりの分銅《ふんどう》を、カホは、そっと指ですべらせてみます。

ふとい縄目《なわめ》のついた、まっしろいセータをきたねえさんたちは、きっきっと、エゾリスみたいにはしゃいでいました。そのこえが、かあさんにそっくりで、どこまでもすきとおっているのにカホはおどろきます。

2

町なみのはずれるあたりまで、ガッカもカホも、あんまり口をききませんでした。

それに、いつだってガッカは、口かずのおおいほうではありません。毎日、田や畑ではたらきづめなのに、桐の木のようにものしずかなのでした。

しっかりと、カホの手をにぎりしめて、ガッカは、さびれた郊外の夕ぐれのみちをあるいてゆきます。ときどきは、町はずれの、かおみしりのせんべい屋さんにたちより、ガッカは立ちばなしをしました。

そんなときカホは、赤いほほのせんべい屋のおかみさんから、ゴマのびっしりついたせんべいとショウガ味のせんべいを、紙ぶくろにいっぱいもらいました。ふたりの立ちばなしのなかに、二日町の家のことがでてくると、カホは、みちのそばのネムの木のねむたそうな花をみつめていました。

しろいペンキをぬった、細長い木造りの病院のまえをとおりすぎると、町は、おしまいになります。その町はずれの病院は、空のようにしんとしていて、窓わくだけは水いろでした。

村につづく、長い長いみちがはじまります。

そのみちもせばまり、片がわに、やがて白灰いろの切りたつ石の崖《がけ》がみえてきました。

ここまでくると、カホは、もう二日町にもどれない、とおもいました。

日がたかいうちは、その近くの石切り場の石工たちにもあうのですが、日がくれかけてからは、ひとっこひとりにもあいません。

カホは、ガッカのうでにぶらさがるようにしてあるきながら、（なあんも、おっかないごど、おごるはずぁない）と、かんがえるのでした。

それでも、すこしすると（…山犬が、わっととびだしたら、どやしたらいがべ）とか、（…崖《がけ》のうしろがら、巨《おお》おとこぁぬうっとでてきて通せんぼするのでながべが）とかおもえてきました。

巨おとこには、であいませんでした。白い崖をすぎてしまえば、カホも、気もちがすこしずつ晴れてきました。日のしずむまえに、丘の家までたどりつきたいと、ガッカはこころがせきます。

そこでは、チャン（カホはガッカのつれあいのことをそうよんでいました）や、乳《ち》きょうだいのシサオたちが、カホたちをまちくたびれているでしょう。

さえぎるものがなにもない、ひろびろとしたりんご林をすぎると、川は、光ってみえてきました。

川ぞこがみえるほどに水のすんだ、水かさの多い川で、橋の下には、いつも、小さい舟が二そうもやっていました。

橋げたのみえる橋を、はしからはしまでわたってしまうころ、カホは、二日町の家のことはもうわすれていました。

虫のなく草むらを、ぱしゃぱしゃふみつけて、二人は、夕がたの坂みちをのぼります。

丘の上の、チャンとガッカの家は、明かりをともしてカホをまっていました。

その明かりは、池にぽっかりとうかぶ、金いろのすいれん（睡蓮）のようでした。

チャンの山うたが、きこえてきます。

＊生家から村の、丘の家までのもどり道の実際の地名はつぎのとおりでありました。青森県八戸市八日町↓長者町↓吹上幸町↓中居林（なかいばやし）↓田向（たむかい）↓梨ノ木平（なしのきだいら）↓川を渡って…西十日市村。久慈街道とよばれている、古い道の突端のあたりを幼年の足でたどっていたことになります。そして三十年後に、車で同じ道を通ってみて、その距離のあまりに短いことに、わたしは魂消《たまげ》てしまったのでした。

（「詩と思想」27号、一九八四年九月）

インタビュー

終わりのない〈戻り道〉　インタビュー

野木京子・佐藤恵・吉田文憲（聞き手）

乳母の家と生家での暮らし

野木　八戸（青森県）で生まれてずっとそこで育たれた。八戸の頃で一番印象に深く残っていることは、やはり乳母の家と生まれた家を往復されていた景色でしょうか。

福井　それがなかったら、なにも私は詩なんか書かなくて、平凡な八戸のおかみさんになっていたと思うんです。その二つに分裂しているんですね。八戸の八日町（生家）というのは、銀座街だったんですよね。十日市《とおかいち》（八戸郊外。乳母の家）のほうは農家だったんですよ。乳母が農婦で、チャンという連れ合いは、大工だった。私を溺愛したんです。ものすごく溺愛して、くれと言ったんですって。八人兄弟のうちの五番目で。でも実家のほうじゃそれはあんまりだと。今になって考えると、（乳母の家から）連れ去られちゃったんですけれどもね。あの賢治の「グスコーブドリの伝記」の人さらいみたいに、ほいほいと。泣いたり騒いだりするといけないから、打ち合わせて、乳母のうちの者がいなくなって、そこへ若い衆が来て、自転車の後ろへ乗せて。六歳の頃に。

　八日町へ来たときに、私、大失敗したんですよ。十日市にいたときに、チャンは大工だから、踊りだとか、豆絞りして、教え込んでいたの。私が踊ると、すごくうまい、うまいとか言ってほめてくれるから、それをやるといいもんだと思って。八日町へ行って一番先に、コタツの上で、チャンに教えてもらった「ナニャドヤラ」というのをやってしまったんです。十日市のほうじゃそれがとてもいいと言われて、そこで町で踊ったら、大笑いになったんですよ。つまり文化層が違うわけですね。姉さんたちも、わあわあ笑ってしまって、私は、これはおよびでないというのは瞬間にわかったのね。それから、歌を歌えなくなったの。でも「ナニャドヤラ」というのは、実は大変立派なものでして、柳田国男先生の「清光館哀史」に出てくるの（柳田が土地の人から聞いた文句として「なにヤとなーれ　なにヤとなされのう」の二行がある）。岩手のひなびた宿で、二階から浜を見ていたら、若い娘さんたちが盆踊りの稽古をしているの。帯を締めて。それがすごくよかったというんですね。今では教科書にも載っていますね。六年後に行って、柳田先生があのときの歌を聞きたいと言ったら、そのときの人たちはもういない。非常に哀感があるもので、柳田先生の文章もいいんですよ。八戸でもやるんですよ、盆踊りのときに「ナニャドヤラ」。特に村のほうではね。

野木　ほかのごきょうだいはみな二、三歳の小さいときに実家に戻されましたが、福井さんだけが六歳まで。

福井　私だけがすっかり村の人にできあがっちゃって。刷り込みされてきたもんで、母親に甘えるということができなかったですね。父親は男ですから大きな目で見ていてくれましたけれども、母親は三十代だったと思うんです。かわいくなかったらしいんですよ、私が。甘えることが下手で。私のほうは乳母から、向こうへ行ったらきちんとしなきゃいけないよと言われて、行儀作法を教わっていたらしいのですね。そこまでかしこまらなくてもいいんだけど、おはようございますと手をついたり、お休みなさいませと言ったり、お茶碗こわしたらごめんなさいと言ったり。そうすると母親としちゃ、かわいくないらしい。かわいい子たちは、かあさん、かあさんとべたべたしている。私は甘えようがないわけです。それだけだったらいいけど、父親は大酒飲みで、一晩中飲んでいて、ある朝私が起きてきたら、「かあさんはお前をかわいくないと言ってるぞ」とはっきり言ったんです。言ってくれてよかったと思うんですけどね。小学一年のとき。自分を産んでくれた親が、かわいくないと言ったら、私は生きていっていいのだろうかと、真剣に考えたんですね。でも死ぬわけにもいかないし、生きていこうと思った。

姉たちが三人いたんですけど、救いは上から二番目の姉で、その姉は文学少女でした。かわいがってくれまして、「ナニャドヤラ」をやったあとも、だっこしてくれて、田舎で聞いた童話、昔話を聞き語りで、最後に「どっとはらい」と言いますよね、チャンから聞いていて、それは平凡な話ですけれども、話してやったら、うんうんうんうんと聞いてくれて、だっこして寝かせてくれたから、なんとかあまり深く傷つかなかったかもしれない。ただ母親は非常に才気煥発な、美人で小町娘と言われた、とにかくなんでも完璧にやらないとだめな人だったんです。姉たちは級長で金の記章をもらうんですけど、私は銅なんですよ。三番目です。すごく怒られました。教科書をもらったらその日のうちに読むものだと言って。私がのろのろとしか読めないから、そろばんで頭を殴られちゃったんですよね。今頭悪いのはそのせいなんじゃないかと。母親との関係が非常に困りましたね。それからズック靴を入れる袋、学校に忘れちゃったら、ものすごく叱られましてね。私はなんでズック靴ごときで、こんなに怒られるんだろうと思って。他のきょうだいだったらそんなにしないだろうと思ったんですね。そういうことがありまして、非常に精神的に母親との関係は辛いことがありましたね。その救いになったのが、ずっと年上だった兄が本をたくさん持っていたことでした。「アイルランドの童話集」という分厚い本、「プルターク英雄伝」「子供の科学」「冒険ダン吉」、いろんなのがあって。本を読むことで自分の世界ができた。外でいじめられるということはまったくなかったのですが、中でそういう辛いことがありました。

野木　方言も十日市と八日町ではだいぶ違っていましたか。

福井　方言もだんだん八日町に合わせたんですね。十日市は在語《ざいご》ですね。賢サの「風の又三郎」のような感じで。十日市は私にとって天国でしたね。ただ、ガッカ（乳母のこと）も畑に行って、チャンは大工でしょう。たったひとりになるときがあるの。乳兄弟は学校に行っているし。そうすると、なんともいえぬ淋しさを感じるんですね。自分はここの家の子じゃないというのはわかっているんです。たった一冊の絵本を見ながら、なんとか大きくなったら、こういう詩のような童話のような、そういうものを書いていきたいなと、ちっちゃいときから思いましたね。

野木　五、六歳からですか。

福井　三歳ぐらいからですね。八日町から十日市へ帰るとき、ガッカの背中におんぶされて、ものすごい淋しさを感じましたね。ぬくもりはあるんですよ。

野木　人も通っていないような道ですよね。

福井　もちろん、もちろん。

野木　その途中に石切り場があったんですか。

福井　ありました。はっきり覚えているんですよね。

野木　湘南貨物駅（大船、藤沢間に昔あった貨物駅）の向こう側の崖がその石切り場に似ていると、詩集『艀』にお書きですね。今私たち来る途中にそこへ寄って、崖を見てきました。

福井　石切り場を見ると、なんか心がそこへ行くんです。

佐藤　五月の連休中に私は八戸へ行ったのですが、十日市と新井田に「風浚《かぜさらい》」という字名《あざ》をみつけました。また、ほかの場所にも「かぜさらい」と「かぜさらひ」というところがありました。

福井　それは知らなかった。感動ですね。私の「風攫い」は、造語だったんですよ。

野木　「ざしきわらしにあった」という童話を書かれていますね。ざしきわらしに会われたことがありますか。

福井　東北の人は、みんな、会ったんじゃないかという感じがするんですよ。静かなときに、気配ですね。あ、いた、いた、という感じがね。

野木　十日市のうちでひとりでいらしたときですか。

福井　十日市のときは感じませんでしたけれども、八日町にきたときに。そういうことでろくでもない子供だったんですよ。私は八日町じゃ「ぼへ」と呼ばれていたんですね。ぼんやり者だということで。

野木　「ＢＯＨＥ」と呼ばれつづけられた少年を知っています、と書かれたことがありましたけれども、福井さんも「ぼへ」と呼ばれていたんですか。

福井　「ぼへ」だったんですよ。いてもいなくてもわからないというんですよ。家の中には何人も子供がいますし、若い衆とか女中さんとかもたくさんいますから、食べるもの、お三時のときに、桂子ちゃんのは忘れるって母に言われたんです。ただね、一度私が大変うちのために尽くしたことがありましてね。それからちょっとレベルアップしたんですね。私のすぐ上の姉が美人で有名で、華子というのです。三浦哲郎さんと同じ学年で。その華子ちゃんがふとんでろうそく立てて勉強して、眠っちゃって。夜中に私が、なんだか知らんけど目が覚めちゃったんですよ。そうしたらふとんに火がずっと燃え移っていたんです。子供部屋ですね。大変なことになったと思って、それでとにかくきょうだいたちを起こして、バケツの水で消し止めた。下手したら私も死んだかもしれないし、家も焼けたかもしれない。そういうことがあって、そのことで華子ちゃんが親に叱られなければいいなと思ったんですね。そしたら親も叱りませんでした。ただ私はそのとき、神の子だと言われたんです（笑）。今まで「ぼへ」だったのに、急に神の子に。白衣《しらぎぬ》のワンピースを作ってくれましたね。それから少し「ぼへ」から出世して。

俳句、犀星、ヘッセなど

野木　詩の中によく童子がでてきますね。「どうじ」ではなく「わらし」と読むのですね。

福井　結局私の居場所は、活字を読んでいるところなんです。当時読んでおもしろかったのは、パウル・ハイゼというノーベル賞作家。『片意地娘』という短篇集の一番最後の「高嶺の乙女」。しっかりとした女の人が、自分を捨てた男の人を救ってやるというもので、こういうふうにならなくちゃいけないと。いい短編で、かっちりとしているんですよね。長いものも好きでしたが、そういう短いものとか、チェーホフとか。詩との関係を言いますと、小学校のときに、俳句を中央へ添削してもらうために送っていたんです。八戸は俳句が非常に盛んなんですよ。南部藩の殿様のお陰で。受け持ちの先生も俳句、短歌に熱心だった。私は正岡子規が好きでした。そういうふうなものを書いて自分で送ったら、添削されてきたんですね。そしたら、それを兄が開けちゃったんですね。それで悪気じゃないから、ごめん、ごめんと謝ってくれて、私はいいよ、いいよと言ったんだけれども、やっぱりきつくてね。それからもう俳句、短歌には手を染めない。

野木　小学校五、六年生のときですか。

福井　はい。あと、場所柄、姉の影響で啄木ですね。それから、室生犀星も好きでしたね。室生犀星の詩は、学校の試験に出たんですね。そのなかに「靴下」というのがありました。息子さんを亡くして、「煙草を噛みしめて泣きけり」というのがありまして、それを書き写しながら、涙がぼろぼろと出てしまうんですね、試験の答案を書きながら。それは高校時代ですね。それで室生犀星の詩集を文庫本で買いに行って。とても気に入りました。私の恩師の菅原克己先生もやっぱり室生犀星から入ってらっしゃいました。やっぱりそうだなと。室生犀星は詩が好きだったから、小説を読んでがっかりしちゃいけないと思って、小説はあまり読まない（笑）。犀星は孤児で、竹箒で殴られたりしていてそういうところで共感もあったかもしれないけれども、詩自体が非常に好きでした。

八戸東高等学校へ入ったときに友人が『智恵子抄』がいいと騒ぐんですが、私はあまり『智恵子抄』には感激しませんでしたね。智恵子は千鳥になった、それはいいけど、光太郎はあまり好きになれませんでしたね。それから藤村の詩集もこれは読まなくちゃいけないんだろうと思って読んだけれども、おもしろくないですね。外国の詩では、兄が読んでいたヘッセですね。ヘッセが非常に好きで。もういいんじゃないかと思っても、また手に取って読む。兄もちょっと文学趣味がありまして、ワーズワースなんかを訳して、土地の文学青年たちとやっていたんですね。

野木　一番上のお兄さん。年はどのくらい違うんですか。

福井　十五歳ですね。その影響というのはありますよね。

東京へ

野木　大学は東京へ出られたのですね。それまで東京へ行かれたことはありましたか。

福井　一回も行ったことはないですね。ただ、おじが西荻にいまして、外科医を開業してました。女子大通りはね、女子大通りはね、とよく言うんですよ。あ、そうか。女子大通りというのがあるんだなと。それまでは青山（学院）へ行こうと思っていたんですね。「蛍雪時代」とかで見る青山ってきれいでしょう。私の生家の父が、「桂子ちゃん、どこへ行くんか。東京女子大か」と言ったんですよ。父は商売一筋で学問なんて知らない人なんです。台湾からバナナを輸入したり、商売人としちゃ大変立派な人でしたが。私はびっくりして、じゃあそこへ行こうと。たったひと言で。上の姉が実践女子大にいて。

野木　お姉さんが東京で暮らしていたんですね。

福井　おばが女医をしていまして。祖母が医者の家系なんです。姉が実践で国文をやっていました。帰ってきて、いろいろ話を、金田一京助先生が石川啄木をどういうふうに世話したとか、すごくリアルに話してくれるわけです。ああ、そうか、そうかと、東京はそういうところかと思って。

野木　東京女子大は国文に進まれたんですか。

福井　私は兄の影響で西洋史をやったんですよ。兄はアッシリア学をやってて。私は専門なんていうのははずかしいですが、とにかく子供時代に差別されていましたから、人間は平等でなくちゃいけないという考えで、パリ・コミューンを。福音館へ就職して、そこの近くにウニタ書房という書店がありました。書肆ユリイカが新しい詩人たちをどんどん出して、きれいな本を出しました。昼休みにごはん食べると走って行って、立ち読みして。吉本隆明とか。

吉田　僕の記憶だとウニタは十年くらい前までありましたね。神田の三崎町のあたりに。

福井　安東次男さんの『蘭』というきれいな詩集。吉岡実さんの『僧侶』は、気持ち悪いという感じで、どうしても理解できなかったですね。

女子大時代、福音館

吉田　東中野の日本文学学校へ行かれたんですね。

福井　針生一郎さんたちがいて。そこへ福音館の友人と行ったんです。いろんな詩人が来て、話をしてくれるんですよ。関根弘さんや、林光さんや、いろんな方が来て。それから茨木のり子先生とか。すごくお美しかった。でも私が一番ショックだったのは、且原純夫さんという、今樹木の研究をなさっている方が、詩の朗読をしてくださった。それが黒田喜夫さんの『不安と遊撃』のなかの「毒虫飼育」だった。それを聞いて、びっくりしましてね。なんだろう、これはと思って。事務室へ駆け込んで、書き写させてくださいと言って。思想とかなんとかより、なんかショパンの音楽を聞いたような気がしたの。下宿へ帰って、貼っておきました。日本文学学校では一番先に会ったのが菅原克己さんなんですね。菅原さんは、私が堅苦しい、吉本隆明ばりの詩を書いていたら、私の胸を突き刺すように、概念的な言葉を使っちゃいけないよとおっしゃって。それではっとして、そうか、と思って。もっと自分らしい言葉で書かなくちゃいけないと思いました。菅原さんは本当に皆さんに優しくて。五十組の縁談をやったと有名な話です。本当に詩人らしい方でした。

野木　福音館書店のお勧めでは、編集の仕事でしたか。

福井　学参物（小辞典など）をやっていたんですけど、おもしろくないんですよ、それやってても。私の隣で編集長の松居直さんが（絵本を）一生懸命やってるんですね。偉い画家が次から次へいらっしゃる。一番印象に残ったのは『忘れられた思想家』のハーバート・ノーマンさん、自殺された方がいますでしょう。そのお兄さんが、クリスチャンで、社長とお友達だった。よくいらっしゃいましたね。非常に立派な方でした。木島始さんも社長のお友達でよくみえた。『ぐりとぐら』は、中川李枝子さん姉妹が、売り込みに来たんですよね。松居さんがすぐ、いいというんで買って。松居直さんは、絵描きの須田国太郎の甥御さんで、絵を見る目はすばらしい。外国、アメリカの絵本を、どんどんやったり。平凡社の瀬田貞二さんと松居さんと石井桃子さん、その方々が一生懸命やっていました。「こどものとも」の二冊目が、賢治の『セロひきのゴーシュ』、これはすばらしいものでしたね。茂《も》田《た》井《い》武《たけし》さんという画家の仕事で、非常に立派なものでした。第一冊が「ビップとちょうちょう」。与田凖一さんと堀文子さんで、それもすばらしいんですけれども、いい絵本というのは営業ではあまり賛成しないんですね。

佐藤　今復刻版でまとまって出されていますよね。

福井　吉田さんは賢治の専門家ですから忘れないで言おうと思うんですけど、小学校四年のときに、図書室で、賢治の童話の、のんのんのんのんのん……。「オツベルと象」を読んだときに、体が震えちゃったんですね。がたがたがたがた。なんだろう。すごい童話だと思いました。

吉田　「オツベルときたら大したもんだ。」ですね。

福井　そう（笑）。何度読んでも。体が震えるというのは、「オツベルと象」を読んだときと、それから、私をかわいがってくれた姉が自死した、それが八戸から電話がかかってきたのね、亡くなったと。そのときもがたがた体が震えましたね。

吉田　亡くなられたのはいくつくらいだったんですか。

福井　三十六ですね。そのときもやはり体ががたがたがたがた震えました。五歳違いの姉。華子のひとつ上の。政子といいますけれどもね。ずいぶん私をかわいがってくれました。

野木　東京女子大に通学されていたときは、お姉さまと暮らしていたんですか。

福井　いえ最初は友人と一緒に。

野木　西荻の周辺で。

福井　西荻の駅のあたりです。そこに八戸の人たちばかりがくらしている下宿があって。能田多代子という民俗学者がやっていたんです。そこは男ばっかりだった。それで女を下宿させるのは私たちが初めてでした。一緒に東京女子大に入った友人と私が、そこの六畳一間に入りました。けっこうその頃はのんびりしてました。受験勉強から解放されて。田舎では餃子を食べたことがなかったんですよね。先に上京した寺山修司が餃子のことを青森の故郷へ手紙に書いてやったら、それを女性の名前と間違えて、早く餃子という女に会わせろよと、あとから上京して来た友人にせがまれたという話は有名です。

吉田　僕も東京へきて初めて食べましたね（笑）。

福井　おいしいんですよね。女子大に入って、立派な聖書をくれるんですよ。下宿に帰ったときに、その聖書を、淋しいから一生懸命読みましたね。特に旧約ですね。それに線を全部ひっぱって読んだ。聖書を読んでいると淋しくないんですよね。今考えると思想的に読んでいるというよりも文学的に読んでいるんですね。「エレミア哀歌」とか「詩篇」とか、それが好きでした。今出ている聖書はみんな口語訳でしょう。文語訳で読むととてもいいんですね。勉強はしませんでしたね。

吉田　当時の西荻はだいぶまだ田舎の感じが残ってたでしょうけれど、でもおしゃれな町ですからね。

福井　水の匂いがあるのはよかったですね。

吉田　あそこは善福寺公園のそばですよね。

福井　そうそう。

同人誌の頃

吉田　初めて詩を書いて、発表されたのはいつ頃ですか。

福井　いろいろ書きなぐっていたんですけど。拙劣なものでしたよ。

吉田　『優しい大工』はほとんど書かれた順番に入っている感じですよね。

福井　そうですね。それで第一詩集を出しましたときに、菅原先生が出版記念会をやろうとおっしゃってくださったんですよ。でも私、結婚式もしないし、なにもしないから、（菅原先生に）嫌だって言ったんですね。それは単に嫌だというのじゃなくて、当時詩壇の状況が、左翼系ともう一方と分かれていましたでしょう。

吉田　列島系と荒地派とね。

福井　そういう人たちが会ったらどういう結果になるだろうと思って、怖くなりましてね。三木（卓）は、堀川正美さんたちとやっていたし。私は「列島」には入っていませんでしたけれども、長谷川龍生さんが文学学校へ来て、私と友人に遊びにこいよと言ってくださったんです。電通にいらしたと思いますよ、その頃。それで電通へ行って、詩をちょっと見せたら、なんにも言わないんですよね。ああ、やっぱりだめなんだろうと思った。そうしたら、龍生さんがすっかりできていると言ってくれたんです。そんなことを言ってくれたのは初めてでしたね。じゃあこれで書いていけばいいんだと思いました。

野木　詩誌「サークルＰ」の創刊に参加されたのですね。

福井　「Ｐ」の前に、前身のグループで「河」というのがあったんです。「Ｐ」の前に菅原さんのご指導の元に作った雑誌なんですけれどもね。

野木　「河」の一号、創刊号に福井さんの「カルテ」という作品が載っていますね。

福井　すぐにつぶれましたけれども、それで先輩たちに会ったり、お酒を飲んだり。

吉田　「カルテ」は『優しい大工』に三番目の詩として入っていますね。

福井　これは長谷川さんのお考えだと思いますが、菅原さんのところは優しい人ばかりいるから、もっと揉まれたほうがいいと、若い詩人で有望な人たちがいるから、そこへ行ってみたらといわれて。高良留美子さんとか、三木卓とか、そういうやる気満々な人たちの集まりへ。「大都会」という早稲田にあるレストラン。そこへ集まって。

吉田　ありましたね、「大都会」。

福井　「詩組織」（ぶうめらんぐの会）という雑誌を作りました。それが何号か続きましたね。あんまり大した作品は出してませんが。

吉田　そこで三木さんにお会いになったんですか。

福井　そう（笑）。

吉田　「大都会」で（笑）。「大都会」ってとてもおしゃれな、食事もできるようなところで、高田馬場のちょっと向こう、「パール座」という映画館の斜め向かいにあった。雰囲気のあるレストランでしたね。

福井　菅原克己先生の出版記念会が「大都会」で行われましてね。ものすごい人でした。私は出版記念会というのは初めて行ったもので、びっくりしました。

野木　「河」一号のあとがきに、「文学学校十期生の詩の組の有志が中心になって作った」と書いてあります。ですから十期生なんですね。

福井　九期の人は「森の会」というのだから、きみたちは「河」にしたらとおっしゃいましたね。こっちは右も左もわからないから。

野木　このなかから何人かが「P」の創刊に参加されたのですね。

福井　今もずっと付き合っている人もいらっしゃいます。

ガッカのこと、童話について

吉田　僕も八戸に何年か前に呼ばれて行ったことがあるんですよ。そのあとも宮沢賢治の関係で、宮沢賢治は八戸に行っているので行きました。だから八戸には二回しか行ったことがないんですけれども。僕は中学校は青森の沖舘《おきだて》というところで過ごしたんでね、祖母が弘前なので津軽はよく知っていますが、八戸へ行って受けた印象は、津軽とはずいぶん違いましたね。

福井　違いますよね。

吉田　言葉ももちろん違いますが、ゆっくりしててね。なんだろうなあ、何かがらんとした淋しさというか、工業都市だからでしょうか、何か剝き出しになった淋しい暗さのようなものを感じました。

福井 私たちが子供の頃は、ほんとに空がこんな（暗い）色でね。お祭りなんかでわーっと騒いでいるんだけど、音が聞こえないんですよね。群青色の空が、何でこういうことになるんだろうと思いましたね。聞こえるんだけど、身に染みないというか。

吉田 音が空に向かって抜けてゆく、上に向かってがらんと開けている感じがしましたね。

福井 石鳥谷《いしどりや》という、あそこまで来ると、来たなあという感じがするのね。

吉田 石鳥谷ね。賢サの詩にも出てきますね。馬淵川のほとりの福岡町と言ったのかな、昔は。今は二戸と言いますけど、あのあたりは、とても風景が縄文的な感じがして、小アルカディアがあるなという感じの、とても降りてみたい町でしたね。そこから八戸に入っていく途中で、本当に風景が変わってしまう。海に向かって開けていきますからね。

今、お話を伺っていると、いろんな意味で、文学的な環境があって、お姉さんとか、一番上のお兄さんとか、いろんな本を読む、お話を聞くという環境があったようです。普通の家族とは違う感じですね。

福井 フランス映画の『にんじん』というのをご存知ですか。少年がお母さんにいじめられて、バケツに頭をつっこまれる。あれを見たときは本当に泣きましたね。孤児的なものに共感するんです。

吉田 菅原克己さんがお亡くなりになったときに、福井さんが追悼文を書かれていますよね。そのなかで菅原さんの「自分の家」という詩について、触れています。「あれを読むと、最後まで読めなくて、途中で涙が流れて止まらない」と。「いったいここからどこへ帰るのだ。／自分の家から帰るというのは／いったい、どういう家だ。」という詩句があって、本当にそうだろうなと思いますね。

福井 非常にフェアな方でしたからね、菅原さん。

吉田 ずっと送っていただいた童話とか詩、雑誌の作品を読んでいて、やっぱり生家、生まれた家と、丘の上の乳母の家と、その間の、戻り道、往還、どちらも戻り道で戻り道ではない、そこになにか辿っても辿っても辿りきれないような、そういう無限に続く福井さんの詩の世界のはてしなさがあるような気がとてもします。そのわずか四キロほどの道にすべてがある、と。

福井　驚くことは、結婚して東京で生活しているときに、ガッカの乳兄弟が、大工を継いでやっていたんですけれども、浜田山、そこへ何十年ぶりに、訪ねてきてくれたんですよ。実家の人たちは誰も来ないのにね。そして、何にも変わってないって、私の顔を見て言うんですよ。びっくりして。こっちも、子供の頃ですから乳兄弟の顔は覚えていないけれども、チャンの顔のイメージはあって、ああ、いたいたと思って。懐かしかったですね。それからそのあと、ガッカも連れてきたんですよ。びっくりしましたね。

野木　ガッカは、福井さんのことがいつまでもかわいかったんですね。

福井　それから、ガッカとは、二、三回会いました。うれしかったですね。

野木　その乳母が亡くなられたときはお辛かったですね。

福井　それはそうですよ。桂子ちゃんの花嫁姿を見たいと言って亡くなったというんです。そんなこと誰も言ってくれませんよ。結婚式もしなかったけど、ガッカは、ちゃんとした花嫁姿をして、大人になる姿を見たかったということなんでしょうね。私はもう、実家のほうに、結婚式なんかしないと言ってね。急に母親面されちゃ困ると言って（笑）。三木もしないと言ったので。

野木　童話は三、四十代の頃から書かれているんですか。

福井　そうですね。あれは頼まれて、福音館から。

野木　本名の冨田桂子で出されているのもありますね。

福井　東京女子大のＯＧのみなさんの雑誌なんですけど、なぜか本名でというむこうからの要請でね。

野木　童話作品は、たくさん書かれていますね。童話集を出されるお考えはありませんか。

福井　昔はそう思いましたし、長い童話も書きたいと思っていたんです。そうしたらこの調子（病気）でしょう。

野木　「水仙小屋」という、ケルオという名の男の子が死んでしまう童話は、私は読んで泣きました。「ざしきわらしにあった」も印象に強く残るいい童話です。童話集をぜひお出しになっていただきたいです。

福井　生きてたらね。毎日毎日、今日は生きてる、明日はどうかという感じで生きていますからね。今日のインタビューは生前葬だと思っているんですよ（笑）。

旧約聖書との出会い

吉田　先ほど女子大時代に聖書を一生懸命読んだというお話をお聞きして、旧約の「エレミア哀歌」や「詩篇」、そういうのにとても心を動かされたと。それは今日初めて伺ったことですけど、福井さんの書かれる詩を読んで、新約じゃないんですよね。やはり旧約のほうの、宗教的というのとはちょっと違うかな、もう少し深い悲しみと深い祈りと、なにかそういう聖書のほうからやってくる光なのかどうかわからないけど、天空のほうから差し込む透明な光のようなものをどの作品にも感じますね。

福井　旧約聖書の時間というのがありまして、関根正雄先生、旧約の第一人者の方が講義してくださったんですよ。それはすばらしい講義だったんです。ああ、これだけでもう、この学校へ来てよかったと思いましたね。辛いときはやっぱりそれを思い出します。ものすごく迫力のある講義で。私が病院に入院するときに、関根先生のご子息がやはり旧約をやっていらっしゃるんですね。新聞にエッセイを書かれてまして、とてもうれしくてそれを切り取って、入院したんですよ。辛くてもとにかく世界があるんだからと。

吉田　それが僕には今日とても印象的でした。黒田喜夫さんの「毒虫飼育」の朗読を聴いて、ショパンの音楽を聴いているようだというのはとてもびっくりしましたが、納得しますね。童話を読んでも、詩ももちろんそうですが、子供が出てきますね、ケルオ、カホ。そういう子供の名前、子供の姿がどこかやはり深い悲しみとかはかなさとか、天上性と言ってもいいし、よるべなさ、人も物も、みな精霊のように感じられますよね。

福井　あの聖書はどこへいっちゃったかしら。福音館に入ってからも社長がみんなに聖書をくれるんですよ。でもそれは口語訳の聖書で。福音館はおもしろいところで、一週間に一回女の牧師さんが来て、いろいろ話をしてくださる。出ても出なくてもいいんですけど。私はなまけものだからそっちのほうへ出ていました。

佐藤　『優しい大工』の前半を書かれたあと、結婚されて一時お休みになっていたと思うんです。あとがきに「わたしはわたしでしかないというおそろしく単純なことに、再び気づかなければなりませんでした」とありますが、再び書き始めたきっかけは、なにかあったのでしょうか。

福井　それはありましたね。というのは、ストップしていたときは、ちょうど三木が書き出していた頃でしたから、そっちがちゃんと書いてくれればいいという感じだったんです。それから出産ということがありました。出産しちゃうと、子供を産むというのは女でないとわからないことですね。ものすごく大変だったんです、私の場合。この子（娘・真帆）が大きくて。塗炭の苦しみをしてこの世に生まれてきた子なんですよね。それでその頃にちょうど菅原さんが「P」をやるからあなたも書きませんかと言ったんで、私は「P」の最初の年は赤ん坊をしょって、うろうろ歩きながら書いていた。三木の世界とはまったく違う世界ですよ。少しずつ書いてきたということですね。「P」の朗読会が立派なところで行われたことがありまして、そのときは向かいの奥さんにこの子を預けて行ったことがあるんです。そんなずうずうしいことをよくしたと思うんですけれども。

佐藤　次に出る詩集のタイトルの言葉を、その前の詩集でいくつか見つけることができますが、それは持続して書いていこうという思いがそうさせているということですか。

福井　そうですね。私は日記をつけないんですよ。それで結局、日記をつけない代わりに詩を書いていた。十年とか五年とかたまったら詩集にする。しかも読み返すということもしないのですが、一応それで自分の一生がなんとかわかるんじゃないかという感じで、ずうっと続けてきたという感じはありますね。

二〇〇七年七月一日、福井桂子宅にて

（「スーハ！」第二号、『福井桂子全詩集』かまくら春秋社、二〇〇九年再録）

詩人論・作品論

詩人福井桂子

三木卓

一九五九年の冬のことである。中野で酒をいっしょに飲む約束をしていた福井桂子は、三十分遅れて国鉄中野駅プラットフォームにあらわれたが、変なかっこうをした風呂敷包みをもっていた。

これからヤキトリでいっぱいやろう、ということだった。ところが彼女は「早く電車に乗れ」というしぐさをするのである。何だかわからない。しかし、いう通りにしまりかけの電車のドアのあいだへ、わたしもすべりこんだ。

それは立川行きの電車だった。わたしはおどろいた。わたしが借りていたボロボロの一軒家は国立にある。当然電車はどんどん進行した。彼女は、といえば「家出、家出」といって笑っている。

このままいけばどういうことになる。電車を国立で降り、彼女はわたしのボロ家に泊ることになるだろう。

そしてその通りのことが起こった。新聞紙と髪の毛だらけの大学院在学中の男の部屋に泊り、翌朝はそこから福音館書店の勤務に向かったのである。

これは生涯に一度だけのおどろくべき事件だった。わたしにはよくわからなかったけれど、憎からず思っていた若い女性が、なぜかころがりこんで来たのである。彼女はそのまま居ついた。

もてない若い男にとってこんな幸運があろうか。わたしは有頂天になった。当時わたしは院生をやっていて、同時に書評新聞につとめていたので、共働きをすればともに薄給ながら生活していけるのではないか。

そう申し入れると、彼女は「わたしは他人といっしょに暮せない女なのよ」といった。何、男と女だ。すぐに馴れて平気になる。わたしは、その言葉を無視し、いろいろあったが、いっしょに暮すようにした。「家賃は半分ですむ。一人口は喰えないけれど、二人口は喰えるよ」とぼくはいった。

こうして共同生活がはじまった。福井桂子は青森の資産家の娘である。わたしは満洲から引揚げて来たスカンピンである。そのわたしを「引揚者はスマートでかっこういいわ。あなたはちょっとちがっているけれど」と批評した。育ちのちがいはむずかしい。

暮しはじめると、彼女が会社へ行くのをいやがりはじめた。仕事はまじめにやるのだが、定時に行くことが出来ない。以前からそうだったと見えた。帰りはおそかった。いかにも辛そうだったが、月が変ると「仕事をやめて、うちにいる」といいだした。じゃ生活の構想はどうなる。

幾枚彼女の着物を質屋で流したか。本をどれだけ売ったか。

やせほそっていく生活をするうちに、福井桂子は、青春の不安と危険感で、みずから出血しつづけている詩を書いていた。ほっとくとこわれてしまう。そこには、わたしなどうかがいしることのできない傷痕が感じられた。

しかし福井桂子は、ほとんど自分のことを語らなかったし、どのような体験をして来たかをうかがいしることはできなかった。

その姿を見ていると「わたしは他人といっしょに暮せない女なのよ」という言葉が思い出された。自分のことを語らないし、他人に心をひらくことを許さない女。彼女は自分の心象風景をひたすらみつめていたが、それを紙の上にしるしていくのみで、若い女らしい世間ばなしなどには関心はまったくなかった。今はこの世に彼女がいなくなってしまって、紙にしるされた心だけがのこっている。

彼女がわたしのところへとびこんで来たのは、世間から追いこまれて逃げ場を失った小動物だったからだ、とあとになってしみじみ思う。福井桂子は現実を生きる上で、智恵も狡さもない、かたくなに自分をひたすら守っている心に他ならなかった。

しかし、だからといってわたしが保護者然としていい気になっていられるわけではなかった。

わたしが小説を書くようになり、一日中家の中でうなるようになると、今度はわたしの存在がわずらわしくなった。彼女は姉と相談して西荻窪にわたしの仕事場をみつけ、そこでわたしは小説を執筆するようにいいわたされた。それが別居同然の夫婦生活のはじまりだった。約四十年つづいた。

　わたしもまた、ほとんど不要になった世界がそこで展開されていた。

　団地で真夜中にピアノをひいて、他から文句の電話がかかって来てあわてたり、ベートーヴェンの四重奏曲ラズモフスキーの一番を飽きることなくくりかえして聞きながら詩を書きつづっていた。

　そのとき彼女は自分の世界で、のびのび生きていた。福井桂子はまさに詩人として躍動していた。

（2020.5.4）

野の果てまで

新井豊美

　野末から吹き寄せてくる風の歌を聴くような遠さ……。それは風の声が縫い込められた世界だ。

　福井さんの世界との最初の出会いは詩集『艀』だった。詩人に宛てて、この詩集に出会えたよろこびをしたためお送りしたことを思いだす。その後『浦へ』『荒屋敷』『風攫いと月』と、新しい詩集との出会いを重ねるごとに、その世界は私の中で大きな位置を占めていったのだが、ついに作者におめにかかる機会に恵まれないまま、福井さんは永遠の天へ帰ってしまわれた。いまでは自筆で書かれた数枚の贈呈カードと、最後の年にいただいた年賀状が、ゆいいつ詩人と私のかかわりを示すものとして残されている。

　福井さんの詩から私が受けたその遠さ不思議さがどこからくるのか、簡単に書けるものではないけれども、ひとつはっきりしていることは、西の国に生まれ育った私にとって、その世界が北欧の神話や民話、アンデルセンや宮沢賢治の童話などを通して子どもの頃から憧れてきた北の、精霊や野の童子たちの国を垣間見させてくださったことだ。冬には純白の雪に覆われ、春には花々が咲きみだれ、澄んだ水が流れる詩の舞台。そこは小動物や鳥や虫たちの国であり、風の行き来するこの世の外のもう一つの世界でもあって、福井さんの詩はその遠い国への懐かしさと寂しさのいりまじった情感で丹念に織りあげられている。それは私にとっても、生の原型への憧れを満たしてくれる唯一の場所のように思われた。

ことにその詩にくりかえし現れる「童子」は、福井さんの幻想世界の主役であり、詩の導き手と言ってもよいだろう。

——わらしこぁ　なんにん
——わらしこぁ　一人
青い桐のはながさく
蒼前の丘の辺に
悪虫《あくむし》の半分壊れてしまった家に
野菜売りの車にのって女童子がゆく。

（『艀』所収、「——古代風に、他」）

詩の中でそれは東北の民話でおなじみの「座敷わらし」のような小さな妖怪として現れたり、「むぎをつくる灰かぶりの童子」として語られたり、ときに「奇体な蛙娘のような女童子」と、やや自虐的に表されたりするが、すべて彼女自身であるとともに、人間世界ともう一つの世界との境界にいて二つの世界を自由に行き来する者でもあって、多くの場合その詩は「童子」の存在に導かれるようにして訪れてくる。思えばそれは両親や姉妹から離れて育てられ、生家と乳母の家を往還する間に、幼い福井さんの心を攫い取っていったあの冷たい風、孤独と寂寥の霊でもあったのだろう。

幾たびかわたしはあれを殺そうとした。人に似た、
みずからひとりでは生きられない青い沼沢地の小動
物よりしんじやすい童子。

（『風攫いと月』所収、「風攫いと月」）

「幾たびかわたしはあれを殺そうとした」というこの強い言葉を、私は複雑な思いで読まずにはいられない。一読者にすぎない私がひとりの他者の心に埋められた空洞を掘り出して、その愛と寂寥の根に真に向き合うことが果たして可能なものだろうか。とはいえ、その深い思いに触れなければ、福井さんの詩に出会ったとは言えないのではないか。

最後の詩集になった『風攫いと月』の表題作「風攫いと月」は、病に倒れた詩人の苦悩の本質に触れるもので、晩年の心境を知る上でも貴重な作品だ。

風攫《かぜさら》いにさらわれていた
月にさらわれていた

今は
泥向日葵《どろひまわり》は　塵、芥、霞用の階段をおりてゆくしかない
泥向日葵は　塵、芥、霞用の階段をおりてゆきなさい
十月そして十一月…
世界中のたれよりも愚かなわたしだ《わたし達だ》
時知らずの花に囲まれた
果てしもなく遠い小屋…
二本の草刈り鎌を手に持った
野菜づくりの農婦に聞きたい
まだ、わたしは許されてはいけないのですか

二本の草刈り鎌を持って畑に立つ農婦の姿、それは与えられた生を迷うことなく生きる「ゆるされた存在」の姿であり、詩人にとっては祝福された生の表象でもあるだろう。その農婦に向かって「まだ、わたしは許されてはいけないのですか」と問う詩人の言葉は、野を捨て都市に死にゆくたましいの最後の祈りの言葉のように聞こえてくる。

いまは「時知らずの花に囲まれた／果てしもなく遠い小屋」にたどり着かれただろう福井さん。あなたの詩は、私に美しい世界を見せて下さった。水晶と雪の結晶が一針一針丹念に縫い込まれた一枚の北の野の風景、読むほどに広がりを持つあなたのたましいの野の果てまで、私を誘ってくださるのです。

（『福井桂子全詩集』付録、かまくら春秋社、二〇〇九年）

水晶の声、永遠のわらし

野木京子

童子とはだれ。モミとは、巡礼とは。引込線とは。そして水晶小屋と枯草小屋はどこにあるのか。

福井桂子さんの詩の魅力とはなんだろう。どうしてわたしはこれほどまで彼女の詩に惹かれてしまうのだろう。読み飽きるということはなく、詩集の頁を開くたびに発見があり、そして謎が深まる。詩篇から聞こえる透き通った切実な声と悲しみの深さに心が打たれる。魅力のひとつにはもちろん言葉の美しさがあり、二〇〇九年刊行の『福井桂子全詩集』折込文で、白石かずこさんは福井さんの詩句を幾つも引用したあと「このあたりでやめないとわたしは彼女の詩集を全部、写《うつ》してしまいそうだ」と感嘆した。わたしも福井さんの詩と向かい合うたびに同様の気持ちになる。

その詩には、行くことができない時空へ辿りつきたい熱望と、それへの断念が一貫して色濃く漂っている。その熱望と断念の狭間を、ヒトのようであってヒトではない、幻の童子が走っている。童子は、心のなかで作った話し相手かもしれないし、生家で気配を感じたザシキワラシかもしれない。乳母の家で過ごした幼い自分の姿かもしれないし、生き別れた子どもである乳兄弟の幻影にも思える。それにしても淋しげなあの童子はどこからきてどこへ走っていくのか。帰る家はどこにもないらしいのに。童子は常に作者に併走し、水瓜畑を走り、月の光を浴びて青色に染まり、松林の奥で透き通った風の音を鳴らし、有刺鉄線に向かって「(棘《とげ》ちゃん!)」と呼びかける。ときには途方に暮れて立ち尽くす。童子が姿を現わすと淋しさがつのるのだが、どこか温かな感触もあり、守り神のようにも思える。「十一月に菫色の葉が落ちてきて」(『荒屋敷』)では、「どうしてか見知っている/風の童子に/会いにゆこうとしているのかもしれなかった/(真鍮のフリュートを吹いている…)」とあるが、現実世界で会えないものに会いにゆこうとするのは、境界の向こう側へ歩いていくということでもある。童子は「少年伝令」という異名で、詩心(境界の向こう側へ行こうとする心)として姿を現わすときもある。「わたしのむねのなかには　鈴をもった…/ひとりの子どもの伝令がいて/ああ　なんとそうぞうしいことだ」(「さざんか駅」『少年伝令』)。胸の奥でざわめくその子どもを、詩を、なんとか自分の外に出さなければ生きてゆくことができない。

淋代《さびしろ》という土地の名も出てくるが、童子は淋代へ流され、巡礼となって彷徨い続ける。引込線という言葉もしばしば出てくる。それが具体的にどこにあるものなのか読者にはわからないままだが、引込線とは、本線から外れ、別の地へと離れていく線路のことで、いずれは死にゆく人間の宿命を示しているようでもあり、手の届かない世界へ向かう見えない乗り物の線路にも思える。生の不確実さと淋しさが、福井さんの詩を読むと否応なく思い出される。

乳母の家と生家との二つの家を往還するとき、この世界のなんともいえない淋しさに気づき、存在の淋しさをうずめるために自分は長く詩を書いてきたのではなかったかと、福井さんは『風攫いと月』「あとがき」に記している。さらわれるように生母の家に戻されたことは、生家には生家の事情があったのだろうが、幼女の心に傷を残し、彼女を可愛がって育てた乳母にも癒しようのない大きな傷をつけた出来事だった。風攫いの風とは、連れ去られたときの驚きと悲しみの耳に流れ込んだ風の音だったろうし、月は、夕暮時に乳母と歩いた久慈街道の空に頼りなげに浮かぶ二日月の光景だったろう。「時知らずの花に囲まれた／果てしもなく遠い小屋…」（「風攫いと月」『風攫いと月』）と、乳母の家での満たされた日日は、心の奥にしまわれ、美しく切ない記憶の場所となった。

戻れない世界を抱えて生きることは、幼女の心に切実な悲しみを与えたはずだ。その傷は福井さんを終生苦しめ、傷を縫い合わすために詩を書き続けたが、逆に言うと、その傷を見つめることで詩を手放すことなく生き得たのかもしれない。その傷と向き合うことが彼女の生きる、そして詩を書く支えだったのではないか。「わたしはといえば水車小屋ほどの小さな家で／かがみながら、なぜともなく心はせいて／月か人かに手紙を書きつけているのです。」（「曲がった沼地の娘」『艀』）と、水車小屋で、低い姿勢で、天上世界へ向けての手紙である詩を書き続けた。小屋といえば、「水晶小屋、枯草小屋——夏——」（『風攫いと月』）の、不思議な名の二つの小屋はどこにあるのだろう。鎌倉市に実在する跨線橋の上を、二つの小屋は浮遊して存在しているようなのだ。枯草小屋は、記憶に残る温かな乳母の家のことであり、水晶小屋とは、亡くなった乳母とその家族が天上世界で、福井さんの祈りのなかで、穏やかに暮らしている家のことなのではないか。

初期の詩では、モミと名づけられた子どもが登場する。モミはときには激しい熱を出し、作者を心配させる。モミは現実の娘のことのようであり、やがてモミは感染症のために生死の境を彷徨い、三木卓『震える舌』『K』によると、福井さんは不安と恐怖から錯乱状態におちいったという。そのときの苦しみは具体的には詩に書かれていないが、『月の車』に精神の極限状況をうかがわせる詩篇もあり胸が痛い。だがモミは、現実の娘を意味するだけだろうか。それを越えた永遠の存在に思えるときもある。「丘の上の家」(『優しい大工』)に「キリストのヨルカ　ヨルカ」という、さりげなく書かれた一行があるが、「ヨルカ」はロシア語で「モミ(樅の木)」を意味するらしい。ドストエフスキーに「キリストのヨルカに召された少年」という短い物語があり、それを踏まえた一行ではないかと思う。現世で孤独のまま凍死した六歳の少年が、天上世界の樅の木の下で、他の子どもたちと一緒に幸福に過ごすパラレルワールドが描かれている。死児や未生の子らである精霊たちだ。見ることはできなくても、この世のどこかに精霊の子どもたちが存在しているのではないか。モミも幻の童子も、現実の子どもの投影であると同時に精霊なのだろう。

詩を書くことにどんな意味があるのだろうとわたしはときどき自問する。それに対して福井さんはそっと答えを差し出してくれる。わたしはわたしでしかないから詩を書く、詩を書くことで自分の一生がわかってくるかもしれない、と。詩は、わたしの人生という小さなものから、大きな世界へと橋を渡る営みでもあるのだ。彼女は病床の最後の日々まで詩を手放さなかった。そのことにも感動するし、次の世代の詩人たちにも、福井さんはきっと勇気を与え続けるだろう。

(2020.9.25)

魂のサンクチュアリ

佐藤恵

　その日、福井桂子さんは深い息の混じる声で「地名に喚起される」「ああ、懐かしい」とつぶやいた。インタビュー前に地図を広げながら、八戸市郊外の地名を読み上げた時だった。その瞬間、詩が降りてきたかのようだった。

　第七詩集『風攫《かぜさら》いと月』のあとがきを頼りに、八戸の地名を調べていると、「かぜさらい」「かざさらい」と読む字《あざな》がいくつか見つかった。二〇〇七年の五月、その地名に呼ばれるように八戸へ向かった。

　東十日市というバス停で降り、「この辺りにかぜさらいというところはありますか」と尋ねる。目の前の坂を上りきったところが「かざさらい」だと教えてもらう。十日市は、福井さんが「がっか」「ちゃん」と呼んだ養父母に預けられ、六歳までを過ごした土地だった。

　十日市風浚《かざさらい》に立ち、茫茫とした広野や畑を見渡しながら、いくつもの詩の断片が、ひらめいてはよぎっていった。道を教えてくれた人は四方を遠くまで指さしたが、わたしは目の前の畑を眺め、畝に沿って大人と子どもの足あとが残っているのを見つけただけだった。「一群れの菜の花が風にゆれるのを見て、「花むれのようにふるえている／小さな他者をみつめるということは／なんとぎあないことだろう」（『風攫いと月』所収、「風攫いと月」。注に「「ぎあない」は「青森県南部地方で、切ない、つらいの意。」とある）という詩片を思った。

　午後、再びバスで十日市へ向かったが、着いたのは西十日市である。高台の向こうに日は落ちかけていた。夕暮れの異郷で道に迷った私に、夕餉の支度があるはずの女性が、やわらかい土地の言葉で、車で駅まで送ろうと言ってくれた。行く先々で道を尋ねる度に、誰もがそう言ってくれるのだった。

「時しらずのさく小さな家が／その気になりさえすれば／いまだってあるのです／黒パンのように優しい人たち！」（『月の車』所収、「美しい林」）

時しらずの花やトウシン草の丘にたどりつけたのかどうかはわからない。けれども、その子を深く愛した人たちの「たまごっこみたいにめんこがったべ」(『月の車』所収、「屋根の男」)という声を聞いたように思った。

第一詩集『優しい大工』で、「それにしても　よくたずねてくれましたね／二十五年前にわかれた人」(「優しい大工」)と、乳兄弟との再会が記される。それから福井さんの詩は、風をはらんでふくらむように立ち上がってくる。

「まちのはずれの石切り場では　千年もだまって石工たちが石を切っていた／吹きあげるまち　吹上町／村へ…」(『優しい大工』所収、「丘の上の家」)

詩は、隔てられた地上の道よりも高いところに、月の浮かぶ天空に、還る道すじをつくったのである。

「時知らずの花の咲くくににいたならば／丘の上の小さな家にいたならば／啼かぬ蟬として／おとなしやかに生きられただろうに／さまよう魂…」(『荒屋敷』所収、「売《うる》市《いち》の女」)

六歳で生家に連れ戻され、二つの家の往来が途絶えてからは、「還る」とは、月のように円環状の道を大きくめぐり、果てまで行くということであった。最も遠い道だった。

養父母と引き離され、全く違った環境に置かれたつらさを思うと胸塞ぐが、六歳までを慈しみ育ててくれた優しい人たちとの記憶は、丘の上の家でめくったただそれしかない絵本のように、その後の人生の辛苦や孤独を繰り返し慰めてくれたことだろう。その「優しい白せきれい」(『少年伝令』所収、「波間の美しい家」)のいる魂のサンクチュアリは、真実そこにあったのである。その魂のやすらぐ場所が失われた瞬間、砕け散った破片で傷つきうるんだ目には、全てが薄氷に覆われてしまったかのように見えていたのかもしれない。失われたものたちの砕片が舞う世界で、それを深く吸っては咳きこみながら、子ども時代が見える「木枠のある古風な／夏の窓」(『風攫いと月』所収、「沼の方の音道《おとみち》から聞こえてくる」)の欠片を拾い集めた。透きとおる欠片をかざして見ては、詩でつなぎあわせた。その細い指先の哀しさを思う。けれども哀しみと孤独をその胸に通過させてきた人が、今度は幼い姿の分身でもある童子の手をひき寄り添いながら歩いていく、その泰然とした眼差しに光を見るのである。「救おうとしてではなく／あなたは／カイは／還ってきてくれたのだったか」（『風攫いと月』所収、「風攫いと月」）

還る道は一つしかなかった。攫われた世界で愛された子カイは、遠い場所からそう伝えにきたのかもしれない。二つの生が合わせ鏡のように立ち、映し出した自らの矛盾に耐えかねひび割れていく中を、さまよい続けてきたのだった。自身を投影しちりぢりになっていた者たちを呼び戻し、多重に分散していた哀しみを一人で引き受けることにより、見つめ続けていた不条理からも解き放たれて、福井桂子さんはようやく還ることができたのだろうと思う。

日記を書く代わりに詩を書いてきたという人の七冊の詩集は架けられた。

「七つ、道を曲がって、そう、七つ空の雲の道を曲がってたどりついたのでしょう」（『艀』所収、「潮だまりで」）

第四詩集に現れるこの行に詩の予言的な力を感じるが、福井さんは日常も詩人の眼差しと佇まいのまま生きていたのではないかと、凛として美しい姿を思い返しながら想像する。病とも闘いながらの詩作は、高く弓なりに張りつめた弧の上にあり、澄んだ硬質な音を奏でた。独り詩を書くことで、寄る辺なさに耐えてきた詩人の清さに励まされる。その弧はしなり、還ることを願った丘の上の家と、あの優しい人たちがいるであろう天界の距離を一冊ごとにつづめていった。今やまるく結ばれた大きな天窓の向こうを、時に瑠璃山鳥の姿になって、福井桂子さんの魂は自在に羽ばたいているにちがいない。

（『福井桂子全詩集』付録、かまくら春秋社、二〇〇九年）

現代詩文庫 248 福井桂子詩集

発行日 ・ 二〇二一年三月三十一日
著 者 ・ 福井桂子 ©Maho Tomita
発行者 ・ 小田啓之
発行所 ・ 株式会社思潮社
〒162-0842 東京都新宿区市谷砂土原町三―十五
電話〇三(五八〇五)七五〇一(営業)/〇三(三二六七)八一四一(編集)
印刷所 ・ 三報社印刷株式会社
製本所 ・ 三報社印刷株式会社
用 紙 ・ 王子エフテックス株式会社
ISBN978-4-7837-1026-4 C0392

現代詩文庫

新刊

201 蜂飼耳詩集
202 岸田将幸詩集
203 中尾太一詩集
204 日和聡子詩集
205 田原詩集
206 三角みづ紀詩集
207 尾花仙朔詩集
208 田中佐知詩集
209 続続・高橋睦郎詩集
210 続続・新川和江詩集
211 続・岩田宏詩集
212 江代充詩集
213 貞久秀紀詩集
214 中上哲夫詩集
215 三井葉子詩集
216 平岡敏夫詩集
217 森崎和江詩集
218 境節詩集
219 田中郁子詩集
220 鈴木ユリイカ詩集
221 國峰照子詩集
222 小笠原鳥類詩集
223 水田宗子詩集
224 続・高良留美子詩集
225 有馬敲詩集
226 國井克彦詩集
227 暮尾淳詩集
228 山口眞理子詩集
229 田野倉康一詩集
230 広瀬大志詩集
231 近藤洋太詩集
232 渡辺玄英詩集
233 米屋猛詩集
234 原田勇男詩集
235 齋藤恵美子詩集
236 続・財部鳥子詩集
237 中田敬二詩集
238 三井喬子詩集
239 たかとう匡子詩集
240 和合亮一詩集
241 続・和合亮一詩集
242 続続・荒川洋治詩集
243 新国誠一詩集
244 松下育男詩集
245 佐々木安美詩集
246 松岡政則詩集
247 斎藤恵子詩集
248 福井桂子詩集